De döda ringer aldrig

CURT ANDERSSON

De döda ringer aldrig

Ledde och hans värld

Roman

Innehållsförteckning

Prolog

De som flyttade in i den nya stadsdelen var övervägande fattiga
människor. De kom från den omkringliggande landsbygden
men också betydligt längre ifrån. »Nya stan« kallades den till
att börja med. Sedan kallades den för »Nöden«. Ännu längre
tillbaka i tiden hade området benämnts »Judéen« eftersom un-
gefär en fjärdedel av befolkningen var judar. De slog sig ner vid
Hospitalsgatan, Stora Tvärgatan, Prennegatan och Mariagatan
där de bildade en *shtetl*. Det var en frivillig judisk bosättning vil-
ket skiljde den från de judeghetton som upprättats redan under
900-talet i Prag och under medeltiden ibland annat Venedig och
Rom. Med ghetton menades särskilt avskilda områden i städer
där bara judar levde. Det var kvarter dit judarna hänvisats och
medvetet isolerats från den övriga befolkningen.

När nazisterna tog makten i Tyskland 1933 aktualiserades
på nytt ghettotanken. Under andra världskriget upprättade de
ghetton i framför allt Polen. Det största ghettot var det i Wars-
zawa som inrättades i oktober 1940. Det hyste närmare en halv
miljon judar. Syftet var att koncentrera judarna till ett enda
område. På så sätt blev det lättare att kontrollera dem. Ghetto
blev liktydigt med ett muromgärdat förvisningsområde. Något
sådant var det aldrig fråga om i Lund. De östeuropeiska judarna
hade fått en fristad i den skånska staden redan på 1870-talet.
Ändå kallades den judiska bosättningen för judeghettot i Nöden.
Sveriges enda judeghetto var en annan vanlig beteckning. Hu-
sen i Nöden var enkla, trånga och dragiga. Stora familjer tving-
ades bo på en mycket liten yta. Toaletterna var gemensamma.
Dassen låg utomhus på innergården. Det fanns bara tillgång till
en vattenkran och dessutom fanns det gott om skadedjur i om-
rådet. Framför allt var råttorna ett ständigt plågoris. Området
hade under mer än ett halvt sekel mycket låg status. Långt om
länge flyttade ett fåtal studenter in i Nöden eftersom hyrorna var
billiga. Till innevånarnas häpnad byggdes i slutet av 1940-talet
en modern byggnad som skiljde sig markant från de befintliga
längorna. 1947 invigde Wärmlands studentnation sitt nya hus

vid Stora Tvärgatan. Det var något av ett trendbrott. Nu flyttade en helt annan kategori människor till Nöden. Unga med framtidstro och andra värderingar än de som bott där i hela sitt liv. Vid den tiden stack det nybyggda huset ut genom sitt moderna utseende där det låg i norra kanten av Nöden. Först på 1960- och 1970-talen inträffade en långsam förändring av gamla Nöden. Då gjordes många hus om till enfamiljshus varvid de omsorgsfullt renoverades. Andra delar i främst kvarteren Repslagaren och Gärdet jämnades med marken. I de områden som revs, uppfördes en småskalig bostadsbebyggelse i liknande stil som den som en gång varit. Företeelsen kallades med ett finare ord för gentrifiering. Nöden fick en social uppgradering och blev en central stadsdel med attraktiva bostadsrätter nära stadens puls på Stora Södergatan. Nu var det plötsligt fint att bo i gamla Nöden. En stadsdel av det här slaget har sin historia. Den skapas främst av de människor som bor där. Ledde var en av dem. Berättelsen om Ledde och hans värld handlar främst om 1940-, 1950- och 1960-talen då Nödens sociala status ännu inte hade höjts. Då Sverige och världen såg annorlunda ut än idag. Men låt mig ta det från början.

I

1 | BOKHANDELN

Maj 2017

Det var i bokhandeln det började. Doften av böcker förde snabbt mina tankar långt bakåt i tiden. Så gick det som det gick. Minnena pockade på. Ledde vaknade till liv, fastän han egentligen var död sedan länge. Frågan var, om det inte trots allt var han som nyss hade ringt på mobilen. Jag fick en egendomlig förnimmelse av det. Numret var i alla fall dolt. Så var det den där boken som jag måste ha tag i. Det var den som gjorde att jag tog mig till Frölunda torg. Visst hade jag kunnat vänta tills påföljande vecka, innan jag ansatte det stackars bokhandlarbiträdet. Det gjorde jag nu inte och så blev det som det blev. Att kalla henne för bokhandlare vägrade jag. Det var alltför pretentiöst eftersom den unga damen inte visste ett dugg om böcker. Det visste inte heller hennes chef. Och det var väl han som var bokhandlaren? Möjligen kallades han för butikschef och inte bokhandlare. Några krav kunde man hur som helst inte ställa på personalen i bokhandeln. Det hade långsamt gått upp för mig. Tjejen som expedierade mig, för det var en tjej, sålde bara de böcker som kunden själv plockat till sig och lagt fram på disken. Det förstod jag med all önskvärd tydlighet, då kunden som stod framför mig i kön plötsligt ställde en fråga.

»Jo, jag undrar, är det här en bra bok?« Den äldre damen viftade med ett exemplar av Sigrid Combüchens senaste roman. »Ingen aning«, sa bokförsäljaren. »Var stod den? På utländsk litteratur?« Damen lutade sig fram och sa:

»Ni har den i skyltfönstret!« Expediten: »Har vi? Det visste jag inte.« Hon gäspade ljudligt och gapade så stort att man kunde se vad hon ätit till frukost. Det kunde lika gärna ha varit konditorivaror, livsmedel eller vad som helst som hon sålde. Det räckte tydligen med att kunna hantera en kassaapparat samt en kortläsare. Bokhandeln gillade inte kontanter och det gjorde inte bankerna heller för den delen. Den unga expediten var en modern människa. Inte heller hon befattade sig privat med kontanter. Det som gällde var betalkort eller kreditkort. Att det var så även bokhandeln ville ha det, passade henne utmärkt. Det fick hon förresten reda på samma dag som hon började sin provanställning. För det var en sådan. Några fasta jobb fanns knappt längre. Bara att få en provanställning var bonus. Introduktionen gick snabbt. Den tog exakt sju minuter. Det kunde hon se på sin mobiltelefon som hon aldrig stängde av. När introduktionen var avklarad, var hon väl förberedd på att börja sälja böcker. Om det var få kunder i butiken, förutsattes hon hjälpa till med uppackning av böcker på det magra lagret. Något stort lager låg man inte på.

»Det kallas lean production«, sa chefen.

»Coolt«, replikerade hon. På lagret kunde hon både passa på att i lugn och ro skicka lite sms till sina väninnor samt gå in på Facebook. Efter en diskret granskning av hennes apparition kunde jag konstatera att hon var ganska söt. Förmodligen hade hon varit ännu sötare, om hon inte hade varit både piercad och tatuerad. Det förtog lite av sötheten. Man fick väl vänja sig. Förr var det bara gamla sjömän och kåkfarare som tatuerade sig men nu för tiden var det mode bland både unga och medelålders. Hade det varit på Nya Guinea hade jag inte varit förvånad men nu var det i en tämligen stor bokhandel i rikets andra stad som hon arbetade. Egentligen var det väl inte så mycket att oja sig över. Vi levde väl i ett fritt land? Var och en fick väl göra som den ville. Jag avvaktade hennes nästa steg. Hon pillade på tangenterna till datorn och upplyste mig sedan om vad hon gjorde:

«Jag googlar«, sa hon med ett förtjust leende. Otroligt, tänkte jag, utan att säga högt vad som for genom mitt huvud.

»Absolut. Jag ska absolut hitta titeln som du söker. Vad sa du att den hette, sa du?« Jag upprepade långsamt boktiteln. Efter en stund tittade hon upp från skärmen och sa med hög röst:

»Den boken är slutsåld!« Hon lät nästan lite triumferande över sitt resultat. Som om hon vunnit på Postkodmiljonären. Sedan fortsatte hon:

»Den verkar förresten inte särskilt intressant. Tråkigt omslag dessutom. Vad är det för slags bok?«

Jag tittade frågande på henne. Var hon verkligen intresserad av böcker?

»Den handlar om mord och självmord«, sa jag lite tyst. »Skojar du med mig?« sa tjejen och tillade: Are you kidding me?

»Det står väl på baksidan eller någon undertext«, föreslog jag.
»Mm, det har du nog rätt i«, sa hon utan att se upp från skärmen.
Eftersom hon inte sa något vettigt, frågade jag:

»Menar du att den är utgången på förlaget?« Hon såg ut att tänka så att det knakade. Jag avbröt lite oartigt hennes tankeverksamhet genom att fråga:

»Kommer den inte ut i en ny upplaga så småningom?« Hon såg ut som ett levande frågetecken. Sådana här frågor var hon tydligen inte van vid. För att jäklas lite med henne frågade jag vänligt:

»Tror du att jag kanske kan hitta den på ett antikvariat?« Hon granskade mig med ett roat leende på läpparna. Sedan sa hon:

»Antik.. antikvarivad? Det har jag inte en aning om!« Hon tog på sig en allvarlig min. För ett kort ögonblick såg hon riktigt målmedveten ut.

»Det är nog tänkbart. Tyvärr har jag ingen aning om var såna där ligger här i stan. A n t i k v a r i a t e n alltså.« Den här gången lyckades hon hålla tungan rätt i munnen.

»Kan det finnas något antikvariat i Haga?« försökte jag.

»I Haga?« sa hon och såg på nytt så där fullständigt oförstående ut. Sedan klarnade hennes ansiktsuttryck något.

»Sök på nätet, vetja!«

»Visst, visst«, sa jag för att inte förlänga plågan. Därefter mumlade hon något som jag inte uppfattade. Det berodde nog på att hon med tungan försökte lirka snuset lite längre bak under överläppen. Hon fortsatte emellertid att googla.

»Vänta«, sa hon, när jag började röra på mig i riktning mot utgången.

»Det här löser jag lätt som en plätt!« Jag följde fascinerat hennes manöver både med snuset och fingrarnas flykt över tangenterna. Vad hon letade efter vet jag inte. Jag trodde hon hade fått nog av mig. Kanske fick hon upp Haga slott men i så fall hade hon kommit fel. Det tänkte jag inte upplysa henne om. Det fick hon upptäcka själv. Till sist gav hon upp och sa:

»Nä. Nada. Zero. Men nu har jag i alla fall försökt. Är ny på jobbet och ny i stan. Kommer från Säffle. Hittar knappt hem från jobbet. Bor i östra delen. I Bergsjön, om du vet. Där dom skjuter och står i. Jädrans opraktiskt. Det var det enda ställe där jag kunde få en bostad. Det är fin natur bakom hyreshusen men vilken blandning av människor! De kommer från hela världen men mest är det syrier och irakier. Och så somalier. Men såna hade vi i Säffle också. Dessutom är den i andra hand, lägenheten alltså.« Hon suckade och petade in:

»Tog ofta fel spårvagn i början. Nu vet jag att det är sjuan från Komettorget. Den gör fyrtiosju stopp innan den är framme där jag ska gå av vid Frölunda Torg.«

Jag hummade förstående. Här fick man reda på både det ena och det andra. Men inte just det som jag var ute efter. Hon tittade vädjande på mig med sina stora blå ögon och sa:

»Kanske kan du själv ta reda på var det finns ett välsorterat antikvariat? Jag hittar då inga när jag googlar.«

Det berodde nog på att hon stavat fel till antikvariat. När jag sneglade på skärmen såg jag att hon hade hamnat på akvarier. Sjöfartsmuseum i Majorna hade förr ett stort akvarium men fanns det kvar? Jag skakade resignerat på huvudet åt hennes tappra, men misslyckade försök. Det noterade hon uppenbarligen eftersom hon strax förklarade:

»Sånt här har jag egentligen inte tid att hjälpa dig med.« Nu såg hon nästan lite rädd ut. »Hade det varit hemma i Säffle, hade det varit en helt annan sak. Här är så djävla stressigt. Allt ska gå så väldans fort. Jag blir nervis. Det blev jag aldrig i chokladaffären. Hade det varit hemma, hade vi kunnat ta en fika och snackat lite skit. Efter jobbet, alltså.« Innan jag hann svara, sa hon abrupt:

»Ser du inte att jag har en massa andra kunder att ta hand om?« När jag vände mig om såg jag att hon hade rätt. Kön bakom mig hade vuxit under vårt samtal. Nu var den faktiskt ganska lång. När jag kände flåset i nacken från en dam i sextioårsåldern, gav jag definitivt upp. Nu ville jag bara ut i friska luften och det så fort som möjligt.

»Då får jag tacka och säga adjö«, sa jag precis som i den gamla schlagern. Att den repliken handlade om en man som besökt en blomsterhandel, visste hon med all säkerhet inte. Därtill var hon alldeles för ung. Säffletösen log i alla fall rart, när jag lommade iväg med oförrättat ärende.

Jag tyckte lite synd om henne. Hennes mjuka, värmländska dialekt var väldigt charmig. Hon lät precis som Lars Lerin. Jag undrade i mitt stilla sinne, om även blomsterhandlarna var lika okunniga om blommor, som bokhandlare och bokhandlarbiträden om böcker. Nåja. Den saken behövde jag kanske för tillfället inte bekymra mig om. Det hette förresten säljare. Det kom jag på när jag letade efter bilnycklarna. Ur byxfickan fick jag upp en liten skrynklig papperslapp när jag trevade efter dem. Det var kvittot på vad jag nyss hade köpt. En pocketbok som substitut för den bok jag inte fått tag på samt en Stabilo Boss. Det framgick av kvittot som jag noggrant läste. Där stod även datum, klockslag, säljare, totalsumma samt moms. Hon hette alltså Lisbeth om man fick tro på kvittot. Att hon var från Säffle stod däremot inte. Det var väl en ren miss. Men det gjorde inget eftersom jag redan visste det. Jag slängde lappen i närmaste papperskorg. Hur det nu var, kände jag att jag till varje pris måste ha tag på just den där boken. Typiskt att den var slutsåld. I värsta fall var den utgången på förlaget. Böcker var numera färskvaror som snabbt hamnade på rean. Förmodligen fanns boken jag ville ha tag på, varken på stadsdelsbiblioteken eller på stadsbiblioteket. Fjärrlån var förstås en möjlighet. Även om jag lyckades låna den, räckte det inte för mina behov. Jag ville äga den av olika skäl. Kunna ta på den, anteckna i den, sätta in den i bokhyllan och kunna ta ut den igen när jag ville. Jag kände författaren till boken även om det bara var ytligt. Hon hade lovat mig ett dedicerat friexemplar. Men det kom aldrig något. Förmodligen hade hon glömt det eller så tyckte hon att jag gott kunde köpa den. Då kunde hon väl ha sagt det, men det gjorde hon inte. Visst hade jag råd att köpa boken men hon hade faktiskt lovat. Jag tycker man ska hålla sina löften.

Eftersom boken aldrig kom, begav jag mig till bokhandeln för att införskaffa den. Långt senare förstod jag varför boken aldrig landade i min brevlåda. Det berodde inte på Postnord utan på att hon hade blivit inlagd på psyket. Om det berodde på skilsmässan från den store norske författaren eller på hennes bipolära sjukdom vet jag inte. Vad jag minns, var bara att hon oförmodat skrivit till mig. Hon skrev att henne make, den så hyllade KOK, bara var en liten lort som bara tänkte på sig själv. Han var alls ingen Strindberg. Möjligen lika narcissistisk. Nu ville han dessutom skiljas. Det liknade förstås Strindberg.

Sedan blev det tyst från henne. Jag hörde inte av henne igen

förrän sommaren 2017. Då pratade hon överraskande i radiopro-
grammet Sommar. Det var mest om psykisk sjukdom och själv-
mordsförsök. Om hennes tankar om döden. Om att hon redan
som trettonåring hade inbillat sig att hon dödat sina föräldrar.
Om skammen över sina sjuka tankar och fantasier. Hon sa inte
ett ljud om boken som hon aldrig hade skickat. Det var förstås
en liten detalj i hennes kaotiska liv. Det borde jag väl fatta. Min
vanliga otur. Nu skulle jag aldrig få reda på ifall hon skrivit »med
kära hälsningar« eller bara »med vänliga hälsningar« eller rent
bara satt dit sin signatur. Den uppkomna situationen retade
mig. Jag släppte tankarna på den svåråtkomliga boken. Vand-
rade istället genom parken. Det egendomliga var att försomma-
ren hade anlänt så plötsligt. Våren hade varit kall och liksom
hoppats över. Det var inte ens någon ordning på vädret längre.
Plötsligt var det ovanligt varmt. I parken hade bokarna slagit ut.
Det fanns inte så många men jag var glad över de få som fanns.
Om detta, att de just slagit ut, visste förstås inte läsekretsen i
staden där jag sedan länge bodde. Läsekretsen var de personer
som hade varit inne i samma bokhandel som jag och införskaffat
Läckbergs senaste deckare till nedsatt pris. Var den slut tog de
en Liza Marklund eller en Ruth Rendell istället.

Från det ena till det andra så älskar jag bokar. Varje vår åt jag
i min barndom på Råby av de spröda, ljusgröna bladen som vore
de en sorts sallad. Det var en vana sedan pojkåren då fotbollen
emellanåt hamnade inne i bokskogen istället för i målet. Efter
de misslyckade skotten återvände jag till planen med munnen
full av spröda boklövsblad. De smakade lite syrligt. Säkert var de
också nyttiga för en växande pojkkropp. Nu var det emellertid
inte fagus sylvatica som jag åsyftade, utan en annan slags bok.

»Märklig stadsdel i en storstad som inte har en riktig bokhan-
del«, sa jag för mig själv. En kvinna tittade till. Hon trodde nog
att jag var schizofren. I så fall fanns det många med den diag-
nosen på gator och torg. Alltså människor som pratade för sig
själva. Skillnaden mellan dem och mig, var att de hade sladdar
i öronen. Jag avskyr att stoppa saker i öronen eftersom jag alltid
varit rädd för att bli döv. Jag vill höra. Så fort jag får en vaxpropp
– och det får jag ganska ofta – mest i vänster öra, åker jag till häl-
sovårdscentralen. De är ganska trötta på mig där, skulle jag tro.

Annat var det i den småstad där jag växte upp på 50-talet. Där fanns det minsann tjänstvillig vårdpersonal. Till och med doktorer som gjorde hembesök när man hade ont i halsen eller influensa. Provinsialläkarmottagning, ett stort lasarett samt utmärkta boklådor fanns det också.

Som vanligt tänkte jag tillbaka på mitt liv med vemod. Det var som om jag hade levt flera olika liv. Regisserats av en rad olika personer. Och kanske gud om man nu trodde på honom. Nog hade jag fått regi i mitt liv. Fast mest hade jag vägrat att ta regi. Gått mina egna vägar. På gott och ont. Livets manus var säkert skriven av många olika författare. Vissa personer hade onekligen påverkat mig mer än andra. Ledde, som han kallades, var en av dem. Han var född under mellankrigstiden. Ung då andra världskriget rasade som värst. Själv var jag då bara ett barn. Hur såg hans livshistoria egentligen ut? Vissa ingångar hade jag. Fler fick jag. Så blev Ledde på nytt livs levande fast han egentligen var död. Det kändes riktigt roligt att vara tillbaka i hans värld. Det var en liten värld men än sen? Nu var jag tillbaka i min barndomsstad. Och i en annan tid.

2 Ockupationen

April 1940

Den tyske bataljonschefens order till sina kompanichefer är distinkt. Marschorder. Bataljonen skall snabbt sätta sig i rörelse norröver. Den danska regeringen är orolig. Något har länge varit i görningen. Tyskarna förbereder säkert något fanskap. De tyska militärrörelserna har inte gått helt obemärkta förbi. Den senaste tiden har en hel del rykten florerat. Man säger sig ha hört motorbuller söder om den dansk-tyska gränsen. Kan det vara fråga om tysk truppuppladdning? Bevakningen av gränsen sköts till en stor del av gränsgendarmeriet. Dess närvaro är närmast av symboliskt slag. Gendarmernas primära uppgift är att markera var Danmarks territorium börjar. Måndagen den 8 april får gendarmerna besked från högre ort. I händelse av ett gränsöverskridande, skall de inte ta till vapen. De skall istället retirera och omgående rapportera om inträffade incidenter.

Av rädsla för att provocera tyskarna, har man från dansk sida inte vidtagit några extraordinära åtgärder. Bara tagit del av enstaka, vaga inrapporteringar samt vissa rykten. Rykten är sällan helt tillförlitliga resonerar man. Danmark har varken mobiliserat eller byggt några nya fortifikationer. Man förlitar sig på sin nonaggressionspakt med Tyskland.

Den 9 april 1940. Kl. 04.00 ringer den tyske ambassadören i Danmark, Cécil von Renthe-Fink till den danske utrikesministern Peter Rochegune Munch. Ambassadören kräver ett omedelbart möte. När de tjugo minuter senare möts, uppger Renthe-Fink att tyska trupper är på väg in i Danmark. Deras avsikt är att skydda Danmark mot ett franskt eller engelskt angrepp. Danmark ska vara tacksamt över att få tyskt beskydd. Det är så den tyske diplomaten uttrycker sig. Tysken kräver att allt eventuellt danskt motstånd ska läggas ner. Om inte, kommer Köpenhamn att bombas. P. Munch, som den danske utrikesministern vanligen kallas, blir likblek i ansiktet men mottar upplysningen samlat. Han är känd för att föra en mycket försiktig utrikespolitik. I nuläget kan han inget göra. Han tackar stelt och korrekt för informationen och beger sig sedan snabbt hem. Vad han inte vet är detta.

Tisdagen den 9 april är bara knappt fyra timmar gammal, när tre danska gränsgendarmer vid järnvägsviadukten i Padborg skjuts ihjäl av tyska Abwehragenter. Deras agerande är försåtligt. Under förevändning att de önskar fråga om vägen till järnvägsstationen, nalkas de gränsvakterna. När de är framme vid dem, skjuter de kallblodigt ner dem. J P Birk träffas i underlivet samt i bröstet. Han dör på platsen. Hans kamrater, A Hansen och A S Albertsen, får svåra skottskador i bröstet och några timmar senare är även de döda. Abwehragenterna är de första tyskar som passerar gränsen mot Danmark. Deras uppdrag är att förhindra att järnvägsviadukten sprängs i luften. Sedan går händelseförloppet fort.

Angreppet mot Danmark är väl förberett. I Gedser har en bataljon gått i land och avancerar nu norrut. Tyska fallskärmssoldater har säkrat Storstrømsbron och fästningen Masnedø. Samtidigt går tyska trupper i land i Nyborg och en infanteridivision i Korsør, allt för att säkra förbindelsen mellan Fyn och Sjælland. 04.20 ankommer det tyska fartyget Hansestadt Danzig till Köpenhamn. En bataljon landsätts snabbt. Det danska försvaret är helt överrumplat och tyskarna kan obehindrat rycka fram mot Amalienborg. Nu har danska förstärkningar hunnit fram till slottet, varvid det tyska angreppet temporärt stoppas. På himlen ses en mängd tyska bombplan av typen Heinkel He 111, cirkla över Köpenhamn. Invasionen sker så snabbt att när tyskarna intar flygplatsen i Aalborg kan medborgarna i staden redan på eftermiddagen den 9 april läsa om invasionen i lokaltidningen. Den danska statsledningen kapitulerar då tyskarna hotar att bomba Köpenhamn. Hitler är egentligen inte intresserad av varken Norge eller Danmark. Men han är rädd för att Storbritannien och Frankrike ska placera trupper i de nordiska länderna och därmed hota Nazityskland därifrån. Den tyska flottan behöver baser för sina ubåtar i Norge. Härifrån kan de lättare komma ut i Atlanten och på allvar hota de konvojer som försörjer Storbritannien. Hitler har både ett stort behov av en snabb seger samt att kunna hålla fienden på avstånd. Storbritannien och England har de facto planer som rör norra Sverige. På vintern, då den Bottniska viken är frusen, skeppas järnmalmen ut från Narvik i Norge. Norge angrips helt enkelt för att säkra de livsviktiga järnmalmstransporterna från Sverige men även för att Tyskland ska kunna upprätta flott- och flygbaser. Dessa ska användas när tyskarna anfaller Storbritannien, vilket måste ske förr eller senare. Detta trots att Hitler länge tvekar. Innerst inne beundrar han britterna. Det engelska kungahuset är av gammalt tyskt ursprung.

***

De tyska styrkorna går in över den danska gränsen vid Flensburg och Tönder. På morgonen den 9 april landstiger tyska soldater i Köpenhamn via hjälpfartyget Hansestadt Danzig. Under de första skälvande morgontimmarna stupar sexton danska soldater. Den fullständigt överraskade danska armén har ingenting att sätta emot. *Besættelsen*, som danskarna kallar ockupationen, är ett faktum. Även Bornholm ockuperas utan svårigheter och öbefolkningen förskonas från krigsincidenter. Tusen tyska soldater stannar på ön. Några år senare fördubblas antalet. Öns centrala position i Östersjön är perfekt ur flera perspektiv. Det tyska marinkommandot i Kiel styr nu över Bornholm. Ön är en utmärkt plats för att utveckla nya u-båtar. Den danska ön fungerar som en utkikspunkt för tyskarna under hela andra världskriget. Den utgör ett naturligt fort mellan Tyskland och det neutrala Sverige. De allierades u-båtar och örlogsfartyg kan effektivt hållas borta från farvatten kontrollerade av tyskarna. Sommaren 1943 ökar oroligheterna i Danmark som ostentativt protesterar mot den tyska ockupationen. Tyskarna anser inte att den danska regeringen agerar tillräckligt effektivt för att sätta stopp för turbulensen. Den 29 augusti inför tyskarna därför undantagstillstånd. Den danska militären avväpnas och tyskarna försöker även överta den danska flottans fartyg. Tjugosju av dessa fartyg sänks dock av de egna besättningarna för att de inte ska falla i tyskarnas händer. I oktober beslutar tyskarna att judarna i Danmark ska deporteras till koncentrationsläger men de flesta judar lyckas rädda sig över till Sverige. Även på Bornholm finns förstås en tysk garnison.

Först i krigets slutskede utbryter krigshandlingar. Rønne och Nexø bombas av ryssarna. Den 7 maj 1945 beordras den tyske garnisonens chef, kommendanten Gerhard von Kamptz att överlämna sig till de allierade. Vem är denne man? Hans närmaste omgivning betraktar honom som en mycket barsk och bestämd person. Hans få vänner skulle ha beskrivit honom som en hederlig, rättfram person med en något bisarr humor. Nu är situationen en helt annan än i glada vänners lag på en officersmäss. Den fyrtiotvåårige marinofficeren vägrar av flera skäl att följa uppmaningen. Hans order är solklara. Det är till de västallierade han ska kapitulera. Dessutom hatar han ryssar. De västallierade tvekar att sända engelska trupper till ön. Detta trots att frågan diskuterats på högsta nivå i Eisenhowers högkvarter i Reims. Ön är central för tyskarnas tillbakadragande från östfronten. Bornholmarna förvarnas om bombräderna. Städerna evakueras därför på förhand. Bombningarna inleds den 7 maj och fortsätter påföljande dag. Rønne och Nexø anfalls av sovjetiskt bombflyg. Totalt dödas tio öbor och åtskilliga skadades. Dessutom förstörs ett betydande antal civila hus. Den 9 maj landsätts sovjetiska trupper på ön. Kort därefter kapitulerar den tyska garnisonen som uppgår i runda tal till tolvtusen man.

Den sovjetiske befälhavaren meddelar den danska regeringen att ockupationen bara är temporär i avvaktan på utvecklingen i det vacklande Nazityskland. Det stämmer inte. Den sovjetiska truppstyrkan på Bornholm blir kvar under tolv månader och styrkorna uppgår som mest till åttatusen man. Varför ockuperar Sovjetunionen Bornholm? Öns strategiska läge i Östersjön är värdefullt för Sovjet. Särskilt vid ett eventuellt anfall västerut genom de danska Bälten. Sovjetunionen har gjort samma bedömning som Tyskland. Bornholms militärstrategiska läge måste till varje pris utnyttjas.

3 Stad i världen

»Har hon inte glott färdigt än?« Han slänger irriterat penseln på den smala gatan där han sitter på sin slitna, färgfläckade träpall. Den medelålders kvinnan fortsätter att ingående studera duken på staffliet. Hon nästan välter det, då hon med sin korpulenta kropp lutar sig över detsamma. »Hm«, kommer det från kvinnan. Sedan följs det av ett nytt hummande, nu lite högre. Det finns förakt i tonen. Hon kastar en nedlåtande blick på tavlan som han håller på med. Sedan säger hon med gäll röst:

»Den där tavlan är ju inte ens signerad!« Hon drar efter andan och fortsätter: »Inte den där heller.« Hon pekar på en tavla som står lutad mot den husvägg som en gång i tiden har varit vackert vitkalkad.

»Varför är inte tavlorna signerade?« säger hon i anklagande ton. Som om det vore fråga om ett polisförhör. Hennes frågor har en sådan ton, att de pockar på ett omedelbart svar. Han tittar förvånat upp på henne. Möter hennes stränga, kritiska blick. I nästa stund mörknar hans uppsyn. Adamsäpplet på hans hals guppar upp och ner när han sväljer. Med hårt sammanpressade läppar bemödar han sig om att tiga. Han har ingen lust att bli upprörd. Speciellt inte idag då han vaknat på ett så särdeles gott humör. Han vet med sig, att om han blir alltför upprörd, så är resten av dagen förstörd. Då kan han lika gärna bedöva sig med sprit. Låta bli att måla.

Vad har den okända kvinnan med hans tavlor att göra? Det kan han inte för sitt liv förstå. Hon stör honom. Han känner sig provocerad. Och varför har hon begett sig hit? Promenerat från stadens fina delar ner till hans domäner denna ovanligt vackra försommardag? Hon måste ha kommit fullständigt fel. Till den här delen av staden kommer det dessbättre nästan aldrig fint folk på besök. Han avskyr som pesten när någon lägger sig i hans arbete. Färdiga tavlor får man gärna kommentera, men inte hans pågående arbete. Han är väl inget utställningsföremål.

I så fall får den okända kvinnan bege sig till Kulturen, stadens Kulturhistoriska muséum. Hon borde väl förresten begripa, att tavlorna inte är färdiga på långt när. Det gör hon uppenbarligen inte. Dessutom har han inte tänkt signera tavlorna. Egentligen har han inte tänkt svara, utan bara iskallt nonchalera henne. Han klarar inte av det. Hennes arroganta besserwisserattityd får adrenalinet att börja svalla i ådrorna. Den okända damen retar gallfeber på honom bara genom sin blotta närvaro. Till slut känner han sig så ansatt att han glömmer bort sina goda föresatser. Han kan varken längre tiga eller bevara lugnet. Med låg röst väser han:

»Jag signerar sällan eller aldrig mina tavlor.« Hon hugger tillbaka snabbt som en kobra:

»Lider han, konstnären, om han nu kallar sig för det, av nått slags storhetsvansinne? Har han hört talas om hybris?« Målaren tror inte sina öron. Vad är det spektaklet säger? Han stirrar den okända, eleganta damen stint i ögonen och säger:

»Storhetsvansinne? Hörde jag rätt? Sa ni något om storhetsvansinne?« Kvinnan svarar genast.

»Det var just precis vad jag sa!« Målaren kämpar med att hålla tillbaka vreden. Sedan säger han med ett någorlunda behärskat lugn:

»Ni, för mig okända fru kråkfågel, kallar mig för storhetsvansinnig. Men det ska ni veta. Det har jag ingen som helst lust att be om ursäkt för.«

Den fina damen ser konfunderad ut. Ger han svar på tal? På en högst berättigad fråga? Vem tror han egentligen att han är? Damen som är gift med en av stadens kända professorer, kommer av sig. Hon blir rent av alldeles paff. Vad menar karlsloken? Han kallar henne för kråkfågel. Eller sa han påfågel? Strax dryper hon av utan att säga ett enda ord. När hon kommit upp på Stora Södergatan i höjd med Stäket, muttrar hon för sig själv:

»Vilken oförskämd man. Illa klädd och ingen stil. Vilken slashas. Förmodligen jude. Men vad kan man förvänta sig av folk som håller till i Nöden?«

En mötande man lyfter artigt på hatten och hälsar. Var det inte professorskan Burelius? Gick hon inte omkring och pratade högt för sig själv? Och så arg hon såg ut. Det här står inte rätt till. Hon besvarar inte hälsningen. Istället ökar hon takten. Ilskan driver henne framåt i en promenadtakt som inte är hennes normala. När hon svettig och arg kommer hem till Professorsstaden, möter hon vid ingången till den stora villan sin make. Han ser trött och lite sliten ut. Professor Burelius är en flitig och ansvarstagande man som tar sin vetenskapliga gärning på största allvar. Hans ämnen är religionshistoria och religionsvetenskap. Han har just kommit hem efter att ha avslutat terminens sista seminarium. Det var segare än vanligt. Idag var studenterna verkligen ointresserade. De tittade mest längtansfullt ut genom de stora fönstren på Theologicum. Byggnaden hade en gång i tiden uppförts för anatomiska institutionen men nu var den sedan 1930 platsen för teologiska studier. Huset där Burelius har sin dagliga gärning, är byggt i två våningar i röd handslagen tegel. Byggnaden ligger i en sluttning och har i sin södra, lägre del en avsmalnande hög gråstenssockel något som saknas helt i den norra gaveln. Fasaderna är utformade med lisener, våningslister och friser i mönstermurning. Huvudfasaden som vätter mot Sandgatan är symmetrisk med en rundbågig port. Husets mittparti accentueras genom att det är uppdelat i tre våningar i motsats till den övriga fasadens två.

Burelius utandas en djup existentiell suck. Det slår honom att studenternas bristande engagemang är förståeligt vid närmare eftertanke. Det är äntligen sommar efter en ovanligt lång vinter. Har han inte själv varit student, kanske? Burelius har vid närmare eftertanke inget emot att terminen är slut. Föreläsa för ointresserade studenter är bortkastad tid. Kasta pärlor för svinen är vad det är. Hans min ljusnar, när han kommer att tänka på den kommande ledigheten. Han ser fram emot en svalkande sommargrogg i sin ymnigt blommande trädgård. Den lätt mahognyfärgade groggen på konjak och sodavatten ska han avnjuta i lugn och ro. En god cigarr därtill och sedan kan friden sänka sig över både honom och den akademiska bondbyn. Ibland undrar han om det är staden som gör honom trött. Burelius var verksam i Uppsala som oavlönad docent då han fick sin professur i Lund. En viss skepsis hyste han till att flytta söderöver men en professur säger man inte nej till. Vad var det August Strindberg hade sagt om Lund? Han letar i sitt bibliotek och finner vad han söker. Strindbergs citat står i förordet till »Ur Axel Wallengrens skrifter från 1901«. Han läser långsamt och eftertänksamt.

Lund, den hemlighetsfulla staden, som man aldrig blir klok på; sluten, ogenomtränglig, vänlig men icke med öppna armar, allvarlig och arbetsam som ett kloster, dit man icke går in godvilligt, men ändå lämnar med saknad; som man tror sig kunna fly, men dit man kommer igen.

»Den Strindberg, den Strindberg«, säger han högt för sig själv och suckar. Citatet är tänkvärt och det ligger faktiskt något i Strindbergs beskrivning av staden. Han avbryts i sina tankar av sin äkta hälft. Trots sin trötthet lyssnar han på hustruns »förfärliga« eftermiddag. Han har med åren lärt sig. Det är bättre att lyssna någorlunda, än att bara slå dövörat till. Om han lyssnar så där lagom uppmärksamt, går det an. Men om hon noterar att han inte lyssnar alls, blir det ett oherrans väsen. Då får han höra vilken stor egoist han är. Tänker han bara på sig själv? När Karna Burelius är riktigt arg säger hon:

»Hur har du lyckats bli professor som är så otroligt trög?« Han går inte i svaromål men tänker desto mer. Varför har han gift sig med denna pratkvarn med sin giftiga tunga? Med åren har hon börjat gå honom alltmer på nerverna. Därför dröjer han sig allt oftare kvar längre än nödvändigt på institutionen. Nu framhåller hans lagvigda ilsket, att det minsann inte var *lite* oförskämdheter som hon hade blivit utsatt för under sitt besök i Nöden. Kanske borde hon polisanmäla den oförskämde hötorgsmålaren.

»Anton! Nu ska du få höra. Mannen ifråga var både otrevlig och oförskämd! Han såg rent av kriminell ut. Kanske var han rysk jude. Han påstod att han var målare, men inte var han det! Bara en usel målarkludd. Vid närmare eftertanke var han nog litauer. Och inte visste han heller hur man behandlar en dam av värld.«

Hon knyckte på nacken. Nu *orkade* hon inte mer. Professorskan Burelius var mycket upprörd. När hon äntligen berättat färdigt, efter en rad upprepningar, säger maken trankilt:

»Men Karna. Vad hade du i Nöden att göra?«
Hon blir honom svaret skyldig.

***

1955. I den lilla universitetsstaden på Lundaslätten händer inte så mycket bortsett från de sedvanliga akademiska högtiderna. Men dessa berör inte alla stadens innevånare. Den nedåtgående solen lyser på AF-Borgens tegelröda fasad. Där på Akademiska föreningen ska snart Louis Armstrong gästspela i Stora salen inför utsålda hus. Doktor Sten Broman, som egentligen inte är doktor utan bara filosofie licentiat, går naturligtvis inte på jazzkonserten. Redan under barndomstiden i hemmet på Finngatan förstår han att skilja på god, respektive dålig musik. Han betackar sig verkligen för »primitiva djungelvrål«. I stället tar han sin sedvanliga kvällspromenad från Karl XI-gatan via Spolegatan, förbi Centralstationen tills han når Bantorget. Där ligger målet för hans promenad, Grand Hotel. I dess matsal tänker han inta sin supé vid sitt vanliga stambord. Han har ytterligare ett stambord. På Savoy i Malmö. Dit beger han sig inte idag eftersom Piraten är opasslig. På vägen hem tar han en omväg via Stortorget. Konstaterar förnöjt att den anskrämliga Reginabiografen rivits. Det är kanske ingen direkt världssensation, men ändå ett faktum som bör noteras. Nu är stans fulaste byggnad ett minne blott. Han gnäggar förnöjt då han ser grushögen. Om det ändå kunde bli ett konserthus på den tomma platsen.

***

Även om den lilla staden ligger i en lugn utkant av norra Europa är det nära till kontinenten. Snabbt kan man ta sig över Sundet till de stora stråken och konfronteras med större sammanhang.

På utrikesfronten händer det en hel del detta år. I februari störtas Sovjetunionens regeringschef Georgij Malenkov. Hans officiella titel är lång; generalsekreterare i centralkommittén för Allunionens kommunistiska parti. Lika bra att han försvann, tycker min vän Ledde. Namnet är ändå omöjligt att uttala för en oskolad skåning. Han kallar den avsatte Sovjetledaren för Malenkorv eller »den malna korven«. Den nye ledaren för Sovjetunionen heter Nikolaj Bulganin. Han bär ett litet vitt hakskägg och ser ut som en jultomte. Den som läser Arbetet eller Sydsvenska Dagbladet har sett fotot. Kanske har samma foto varit infört även i Skånska Dagbladet, bondeförbundets tidning. Folket i Nöden är inte så insatt i vad som händer inom politiken. Och heller inte vad som sker bakom järnridån. Hur många vet förresten det? Men det finns de som vet att berätta.

Vad händer mer av intresse detta år? Samma månad blir i Moskva den tjugoårige svensken Sigge Ericsson världsmästare i hastighetsåkning på skridskor. Det är glädjande för de sportintresserade, men mest för upplänningar. I Skåne vill isen sällan frysa till. Ännu märkligare kanske det är, att fyra av de sju Dödahavsrullarna återfinns i Israel. I slutet av samma månad uppstår nya stridigheter mellan Egypten och Israel i Gazaremsan. I Ungern är det oroligt och premiärministern Imre Nagy avsätts sedan han kritiserat stalinismen.

I Sverige medverkar den stridbare författaren Vilhelm Moberg till att republikanska klubben bildas. Han blir en av dess mest framträdande profiler. Den första svenska charterresan äger rum samma år. Den går till Mallorca. I USA händer förstås mycket. Viktigt eller inte så öppnas den första Mc Donaldrestaurangen i Des Plaines, Illinois. I Sverige vet man fortfarande inte vad en riktig hamburgare är. Korvgubbar med låda på magen finns förstås, liksom korvstånd. I maj händer både det ena och det andra. Den amerikanske rockartisten Elvis Aaron Presley inleder sin första konstturné i USA. I Sverige vet de unga vem han är, men långt ifrån alla. De äldre vet ingenting alls. När de får veta, förfasar de sig. Intressantare för de politiskt intresserade, är att Västtyskland utropas till självständig stat som snart ansluter sig till NATO. Då undertecknar Sovjetunionen och sju andra stater i kommunistblocket Warszawapaktens fördrag, som en motvikt till NATO. Satellitstaterna gör som Moskva säger, med undantag för Jugoslaviens Tito. Han tycks gå sin egen väg. Ska det då aldrig bli lugnt i världen? I mitten av maj upphör de allierades ockupation av Österrike. Åttiofem personer omkommer i Le Mans under ett dygnslopp då tolv bilar far ut bland publiken.

***

I juli blir det värmebölja. Det är sommaren då värmen kramar svetten ur nationen på ett sätt som svensken inte är van vid. Pinnglassen får då sitt genombrott. Under några sommarveckor 1955 vänjer sig svensken vid temperaturer på trettio grader. Den femtonde juli kulminerar värmeböljan och i Stockholm uppmäts trettiotre º C. Det är den varmaste sommaren sedan 1914. Samma månad väljs den tjugoettåriga svenskan Hillevi Rombin från Uppsala till Miss Universum. Hur viktigt det är, vet bara veckopressen och de som följer denna. I början av augusti lanserar AB Plåtmanufaktur ölburken i Sverige. Det är en mycket viktig händelse anser många. Bland dem finns gatumålaren och hans vänner men även några försigkomna, törstiga gymnasister och studenter i staden. De första ölmärkena är Three Town, som snart bara kallas för TT. Three Town, Tuborg och så Carlsberg är sådana härligt skummande, aromrika maltdrycker.

Främmande ubåtar har vid tre tillfällen denna sommar observerats på svenskt vatten. Är det verkligen möjligt? Kriget är ju slut. Det är förstås en synvilla tycker några, medan andra mycket upprört talar om kränkningar av svenskt territorialvatten. En rad politiker i konungariket Sverige hävdar den senare uppfattningen. Ryssen förstås! Vem annars? Det kalla kriget pågår. Hilding Hagberg som är ordförande i Sveriges kommunistiska parti förnekar ihärdigt. Han är starkt Moskvatrogen och hävdar att Stalin har ringt och talat om att det alls inte är ryssarna. Sen kommer han på att Stalin är död sedan två år tillbaka. Trots det vidhåller han Sovjetunionens oskuld. Den amerikanska ungdomsfilmen *Vänd dem inte ryggen* har svensk premiär. Bill Haley heter rocksångaren som sjunger ledmotivet *Rock around the clock*. I Lund går filmen upp på Palladium. Köerna utanför biljettkassan är långa.

Nu är vi inne i september. I denna månad avgår Sveriges finansminister Per Edvin Sköld. Det har förstås inget samband med filmen. Han är skåning från Norra Rörum. Inte odelat po-

pulär i sin roll som finansminister men känd för sin rättrådighet
under andra världskriget. Under hans tid i samlingsregeringen
utmärker han sig flera gånger. När det finska vinterkriget på-
går, är han förespråkare för ett starkare stöd till Finland. Under
den så kallade midsommarkrisen motsätter han sig starkt att
den tyska Engelbrechtdivisionen släpps igenom Sverige. Många
tycker som han i den frågan. Ändå fortsätter permittenttrafiken.
Bittert framhåller Sköld:

»Om detta beslut tages är det väl lika bra att tyskvännerna över-
tar regeringsansvaret helt och hållet».

Sköld efterträds av Gunnar Emmanuel Sträng, en före detta träd-
gårdsarbetare som är uppvuxen i Spånga. Han bär för säkerhets
skull både hängslen och livrem. Anledningen till skiftet på fi-
nansministerposten är att Per Edvin Sköld framfört tankar på
ett tvångssparande. Mot det knorrar det svenska folket, särskilt
bönderna. Reformen genomförs dock inte, till mångas lättnad.
   Händer det något ytterligare av vikt i världen? Argentinas pre-
sident Juan Perón störtas genom en statskupp och går i lands-
flykt. Sydamerika är emellertid avlägset och de flesta svenskar
har aldrig hört talas om Perón och ännu mindre om hans fram-
lidna hustru Eva. Evita som hon kallas, har dött några år tidigare
i leukemi. Hon blir ett nationalhelgon. Långt senare blir Evita
en musical men då är vi framme vid 70-talet. Det är långt dit. Nu
ska vi inte springa i förväg.

Den 1 oktober är en bemärkelsedag för myndiga medborgare i
konungariket Sverige. Motboken avskaffas efter fyrtio år. Nu är
det slut på det förhatliga Brattsystemet. Alla medborgare över
tjugoett år får köpa ut hur mycket de vill på *Systembolaget*. Star-
köl som tidigare varit en receptbelagd apoteksvara, börjar säljas
vid systembolag och restauranger. Drycken blir snabbt mycket
populär. Och så var det trafiken. Höger- eller vänstertrafik?
Svenska folket röstar i en folkomröstning nej till högertrafik.
82,9 % röstar för bibehållandet av vänstertrafiken och 15,5 %
röstar för högertrafik. Det ska visa sig att man inte bryr sig om
folkomröstningen eftersom den i Sverige bara är rådgivande. I

slutet av oktober provflygs SAAB:s nya stridsflygplan Draken. I Vietnam börjar kriget på allvar i slutet av året. På filmfronten låter vi oss inspireras av italiensk film. Fellinis film *La Strada* med Giulietta Masina och Anthony Quinn i huvudrollerna, har premiär i vårt land. I Lund byggs en dansrestaurang som får namnet La Strada. Mycket originellt. För sitt arbete med syrebärande enzymer får den svenske professorn Hugo Theorell Nobelpriset i medicin. 1955 lanseras Brylkräm, en slags pomada tillverkad i England. Den håller de unga männens frisyrer på plats med vågor och allt. För alla Elvisfans och även andra ungdomar är det en stor händelse. Det kan också noteras att Sveriges första Domusvaruhus öppnas av KF. De filmintresserade njuter av att svensk film har framgångar. Ingmar Bergmans film *Sommarnattens leende* får pris i Cannes. Alla vet inte var orten ligger men det gör inget. Sedan kommer sorgen hos ungdomen när den amerikanske skådespelare och ungdomsidolen James Dean omkommer i en bilolycka, bara tjugofyra år gammal.

Säkert händer det mycket mer i människors liv detta år. Det året konfirmerades en yngling motvilligt i Lunds domkyrka. Det är pinsamt med alla frågor som prästen ställer i den stora katedralen. Den som hans vän gatumålaren har målat av så många gånger utan att bli nöjd. Om framtiden kan ingen sia och oron i världen fortsätter. Nu har det gått tio år sedan freden slöts. Ändå är det inte lugnt i världen. Alla de som dog för inte så länge sedan i de blodiga striderna. Alla de som förintades i nazisternas koncentrationsläger. Alla de som dog under flykt och umbäranden. De hör inte av sig. Trots det rullar livet vidare för de överlevande. En dag i sänder. Många glömmer aldrig. För andra har det aldrig hänt eller så har de förträngt alla minnen. De döda ringer aldrig. Det borde de göra. Ringa och göra sig påminda.

4 Nöden

Rådmannen August Ripa hade fått en genial idé. Varför inte bebygga området i den sydöstra delen av staden? Särskilt som det stod helt outnyttjat. I princip var det inget annat än en stor, sank missprydande äng. Den låg mellan Prennegatan, Stora Tvärgatan och Södra Esplanaden. Där borde det kunna uppföras åtskilliga arbetarbostäder. Sådana behövdes i allra högsta grad. Nya industrier hade uppstått. När stadens befolkning växte, uppstod på 1870-talet en bekymmersam bostadsbrist. Snart skred han till verket efter ett noggrant förarbete. Ripa förelade drätselkammaren sina planer. Av hans mycket detaljerade skriftliga anhållan framgick följande.

Han avsåg att lägga ut gator och avstycka tomter som var lämpliga för uppförandet av arbetarbostäder. Enligt rådmannens intentioner skulle tomterna säljas ut pö om pö. Det skulle ske, som han formulerade det, «till ett sådant pris och på sådana betalningsvillkor att det bliver möjligt för en mindre bemedlad men företagsam person att mot billigt pris erhålla byggnadsplatser.» Till saken hör, att även Lunds Arbetarförening hade anhållit om uppförandet av arbetarbostäder.

Drätselkammaren agerade ovanligt fort i ärendet. I tidens anda föredrog staden att tillstyrka det privata initiativet varvid Arbetarföreningens förslag avvisades. Orsaken sades vara, att Ripas framlagda planer var så ytterst väl genomarbetade. De var helt enkelt betydligt bättre i alla avseenden enligt Drätselkammarens bedömning. Dessutom lovade Ripa, att utan särskild kostnad, skjuta till mark för gators anläggning samt att en del av södra stadsvallen skulle kunna få en promenad. Det hela lät ju alldeles förträffligt.

Rådman Ripa, tillika vice häradshövding, hade ett mycket gott anseende i staden. En man med hans goda renommé och framåtanda borde därför uppmuntras. Området kallades snart för Ripas äng. Ripa hade naturligtvis redan köpt de aktuella tomterna. Syftet att skaffa arbetarna bostäder, var synnerligen behjärtansvärt. Elaka tungor menade att det var fråga om ren

och skär spekulation, medan andra framhöll att det var en väl-
gärning för arbetarnas och stadens bästa. Odelat ädelt var nog
inte syftet när allt kom omkring. Rådmannen räknade förstås
med att göra sig en bra hacka på affären. Sanningen låg som all-
tid någonstans mittemellan får man förmoda. Ripas äng som
även kom att kallas Nöden, blev ett nytt bostadsområde där det
uppfördes i den sydöstra delen av den lilla stadens stadskärna.
Det låg mellan Stora Södergatan i väster, Trädgårdsgatan i öster,
Södra Esplanaden och Stora Tvärgatan i söder. Nöden kom att
bestå av kvarteren Repslagaren, Gärdet, Bommen, Ripa, Ängen,
Täppan och Trädgården. Att det nya områdets gator planerades
långt senare än den resterande stadskärnan var uppenbart.
Vägnätet var rätvinkligt vilket kontrasterade starkt mot den öv-
riga stadskärnans medeltida oregelbundenhet. Den vanligaste
typen av hus som byggdes i det nya området var flerfamiljshus.
De små, relativt låga husen, bestod genomgående av envånings-
längor med tvårumslägenheter på nedre botten. Husen hade sa-
deltak med kupor för rum på vinden. Takbeläggningen bestod
av enkupigt tegel eller falsplåt. I enstaka fall fanns det hus med
skiffertak. Fasaderna bestod mestadels av grågult tegel eller
ljus puts. Fönstren var indelade i sex smårutor och entréerna
hade pardörrar. Även om det fanns enstaka hus som avvek från
det beskrivna, kännetecknades husen i den nya stadsdelen av
enkelhet. Byggnadssättet andades sparsamhet. Området fick i
folkmun många namn. Man talade inte bara om Ripas äng, Nya
stan, Gröna Nöden, Kappadocien utan också om Judéen. Nöden
var emellertid den beteckning som blev vanligast från 1900-ta-
lets början och så är det än idag.

Kappadocien var en egendomlig beteckning som inte hade fog
för sig. Namnet kommer från fornpersiskan och betyder »landet
med de vackra hästarna«. Kappadocien ingick en gång i tiden i
det Osmanska väldet. Möjligen ville man med namnet antyda
att det nya området var lite exotiskt med sin blandning av bo-
ende. Några turkar eller perser fanns emellertid inte på plats.
Inte heller vimlade det av några vackra, dyrbara hästar. Varför
sa man ibland Judéen? Det var betydligt lättare att förstå. Det
berodde på att det fanns gott om judar inom områdets hank
och stör. Invandringsvågen i slutet av 1800-talet och i början på

1900-talet, bestod av fattiga judar som flytt från de pogromer som förekom i tsarens Ryssland. Judarna fanns kvar i Nöden ett drygt halvsekel senare. Man kan förstås fråga sig hur de skånska arbetarna och hantverkarna reagerade när deras kvarter invaderades av främlingar. Det var precis vad som skedde. »Vad hade di där utlänningarna i stan att göra?« Det mest karakteristiska var det totala främlingskapet. De där judarna förstod man sig inte på. Ändå förekom det ingen förföljelse, inga kravaller och inga illdåd. Trots det, upplevde judarna att det fanns en distans. Den var så pass stor att de ansåg att den kunde jämställas med fientlighet. Judarna kände sig inte välkomna, vilket medförde att de slöt sig allt tätare samman. De övriga Nödaborna såg inte saken på det sättet. Men visst höll man sig på sin kant, osäkra som man var hur man skulle hantera det okända. Judiska och icke-judiska barn lekte ofta tillsammans ute på gatan men umgänget slutade oftast vid hemmets tröskel. Man bjöd sällan eller aldrig in en jude. När det vid enstaka gånger förekom enklare barnkalas, hoppades de judiska kamraterna vanligtvis över. De ville säkert ändå inte vara med.

En del judar hade kommit upp sig och flyttat till finare gator i staden. De kallade sig nu för köpmän. I Nöden fanns länge Sveriges enda *shetl* i en stadsbebyggelse. I området fanns två mindre synagogor. Judarna levde sitt eget liv som en enklav i enklaven. Så mycket umgänge med de övriga i Nöden hade de inte, trots att åren rullade på och blev till decennier. Judarna var av östeuropeiskt ursprung och kom ofta via Litauen. Majoriteten av dem var dock av rysk härkomst. Senare inflyttande judar i Nöden flyttade dit på grund av konflikter med andra medlemmar av den Mosaiska församlingen i residensstaden Malmö. Det påstods av många innevånare i Nöden att judarna inte ville arbeta som vanligt folk. Vad det berodde på hade man inte så noga reda på. Inte visste Nödaborna att de flesta poster och ämbeten historiskt sett var stängda för judar och att följaktligen enklare former av kommers var det enda som tilläts. Vad som återstod var att idka handel i liten skala. Inte heller visste Nödaborna något om judendomen. Det var knappast stadens välutbildade och intellektuella som bodde i Nöden, sida vid sida med judarna. Vad som hindrade judarna i arbetslivet, var dock inte bara myndigheternas beskärningar. Det var lika mycket den egna religionen. Sabbaten började då det mörknade på fredagskvällen. Den höll sedan på tills det mörknade på lördagskvällen. Alltså innefattades den av en lördag, och lördagen var på den tiden arbetsdag i hela Europa. Följaktligen kunde inte en rättrogen jude arbeta denna dag. Det enda som återstod var olika former av fria yrken som gårdfarihandel, kittelflickning och dylikt. Nödaborna uppfattade det som om judarna bara ville nasa. Göra det lätt för sig. Sälja krimskrams och annat som man varken behövde eller hade råd med. De gick omkring med sina knyten i området och sålde tyger. Myten genom historien var stark om hur judarna var. Vad de än sålde, så gav de i alla fall kredit vilket uppskattades av många arbetare. Det fick man minsann inte av den kooperativa, Lunds arbetares bageriförening på Råbygatan 13. Föreningen hade sina stadgar. Dessa var till för att följas. I bageriföreningens brödbutik måste man ovillkorligen betala kontant. Annars blev det inget bröd.

***

De judar som slog sig ner i Nöden på 1870-talet var strängt ortodoxa. Genom bosättningen i Nöden hölls ortodoxin levande och sammanhållningen blev stark. De judiska immigranterna i Nöden var som nämnts i allmänhet handelsmän. Ytterligt få tog anställning som arbetare trots att denna möjlighet uppstod. Den tyske repslagarmästaren Ludvig Bohm var en driftig man. Han grundade i mitten av 1800-talet en bindgarnsfabrik i Nöden. Svenska bindgarnsfabriken som den officiellt hette, sysselsatte en betydande del av befolkningen i Nöden. Framför allt kvinnor. Fabriken var under lång tid en av Lunds största industrier. Efter en omfattande brand i fabriken 1946 flyttades tillverkningen successivt till Malmö, medan de kvarvarande lokalerna i Lund på 1950-talet utnyttjades av hantverksfirmor. Några judar arbetade emellertid inte på Bohms som fabriken hette i folkmun. Den ortodoxa judendomen avvek avsevärt från den svenska folkkulturen i Nöden. Den präglades av den östeuropeiska kultur i vilken den hade sina rötter. Den judiska religionens innehåll, riter och seder hade de övriga Nödaborna ingen kunskap om. Viss inblick fick man med tiden men mycket var förborgat. Vad som skedde i synagogan och i de judiska familjerna hade man inte med att göra. Nyfikenheten fanns men man höll sig trots allt på sin kant. Det främmande både lockade och skrämde. Men visst lekte alla Nödabarn emellanåt med varandra. Det fanns påtagliga skillnader mellan judar och icke judar i Nöden. Begravningar och påskfirandet var mest särskiljande. Även klädseln skiljde sig avsevärt. Vid högtiderna var judarna särskilt finklädda. Faktiskt finare än Nödaungarna någonsin kunde bli. Mössa på inomhus verkade förstås lite märkligt för de oinitierade. Att den kallades kippa, var det få som visste. Trots skillnaderna, levde man sida vid sida i samförstånd om än med viss distans. Någon egentlig antisemitism uppstod aldrig även om judarna i Nöden ansåg att den övriga befolkningen hade en fientlig inställning till dem. Denna avoghet berodde mest på bristande kunskap. Inte ens under 30- och 40-talen då Nazityskland slog Europa i järn fanns någon egentlig antisemitism i Nöden men däremot på sina håll bland stadens akademiker. 1939 hade Medicinalstyrelsen föreslagit att tio judiska läkare skulle få en fristad i Lund. Det förorsakade en opinionsstorm som slutade med att studentkåren skrev till Konungen. En majoritet av Lunds studentkår röstade nej till att de judiska läkarna skulle tas emot. Ord som »skadligt« och »oförsvarligt« nämndes i studentkårens skrivelse. Fördomarna flödade och nazismens vågor hade nått även Sverige.

***

Fördomarna om Nöden var gängse antingen det gällde judarna eller arbetarna som bodde där. En sak var dock klar. Området var från början mycket fattigt och eländigt. Råttorna, ditlockade av de öppna sopkärlen, var en stor plåga som man påmindes om dagligdags. Detsamma gällde ohyran i form av väglöss. Barnen jagade råttor eftersom det gav extrapengar. Mot uppvisandet av en råttsvans fick man tio öre per styck hos Hälsovårdsnämnden. Stadens arbetare, hantverkare och borgare såg med förakt på området. De tackade sin gud att de bodde på annat håll i den vackra gamla staden. Så gjorde också läroverkslärarna, de akademiska lärarna och även studenterna. Det rynkades på näsan. Unga läroverkspojkar visste att säga: »Där bor det sämsta klientelet i hela stan.« Jag var som barn osäker på vad som menades med klientel. Men det var nog inget positivt efter vad jag kunde förstå. Kvinnorna i Nöden som stod och skvallrade med varandra var säkert alla prostituerade. »Horor, horor, luder och tjuvpack bor i Nöden!« skrek läroverkspojkarna utan att så noga veta hur det förhöll sig. De upprepade förstås vad de hade hört där hemma. Helt fel hade de inte.

***

Hela stället där Ledde bodde, bar tydliga tecken på förfall. Taket på huset vid Prennegatan saknade på sina ställen tegelpannor. Flera av dem var trasiga eller naggade i kanten. Hängrännorna satt knappt uppe och stuprören var sönderrostade. På husets fasad saknades en och annan tegelsten eftersom murbruket hade släppt i fogarna. Inne på gården stod en dragkärra som sett sina bästa dagar. Ledde bodde granne med Vita Negern. Det var en kvinna som ägnade sig åt världens äldsta yrke. Öknamnet hade hon fått på grund av sina tjocka läppar. Hon klädde sig lite märkligt. Ibland hade hon på sig röda, hemstickade yllestrumpor. När hon väntade besök, bytte hon till knallröda silkestrumpor. Ledde hade inget emot färg men en sak skulle man ha klart för sig. Vita Negern var granne till honom men han var sannerligen inte hennes kund om nu någon trodde det. Naturligtvis visste alla i grannskapet vad hon sysslade med. Man kan inte med bästa vilja i världen påstå att hon var särskilt vacker. Hennes största tillgång var de stora brösten. Det hände att hon lockade kunderna genom att bjuda dem på exotiska frukter. Men då fick kunden vara så god och stiga in till henne. Inte stå där på gatan och se tveksam ut. Det var inte bra för affärerna. Så många frukter hade hon inte. Persikorna var inslagna i silkespapper för att de skulle hålla sig bättre. De var dyra och dessutom svåra att få tag på. Några hade hon emellertid, liksom lite vindruvor och några bananer vars skal börjat svartna betänkligt. En besökare tackade ja till erbjudandet om en liten fruktstund. Helst ville han ha en len, saftig persika.

»Vill du ha den här eller den där?« Vita Negern höll upp en frukt
i vardera handen. »Jag vill ...« Han kom av sig då hon spände ut
de fylliga brösten. Strax hade hon intagit en förförisk position.
Hennes båda ögonlock var halvslutna. Mannen som förirrat sig
ner till Nöden, såg henne djupt i ögonen.

»Den där! Den där i mitten blir bra«, sa han. »Den i mitten?«
upprepade hon släpigt. «Nä. Inte idag, min gunstige herre«, sa
hon retsamt.

Med sina rödmålade tjocka läppar smålog hon roat, varvid hon
lade båda persikorna åt sidan. »Någon bastant banan behöver
du väl inte«, fortsatte hon. »För den hoppas jag du har i byxan.«
Hon tog ett stadigt grepp i grenen på mannen och förde in ho-
nom till sitt ostädade inre. Ledde kunde inte tänka sig att gå
till sängs med Vita Negern. Han tvekade över huvud taget om
vitsen med att komma en kvinna nära. Ingen mindes riktigt när
Vita Negern försvann. Sedan var det någon som påstod att hon
hade gått bort en disig, grådaskig novemberdag. Vad hon dött av
visste man inte. Det var bara ett fåtal som hade bevistat hennes
begravning. Prästen talade efter bästa förmåga över den femtio-
fyraåriga kvinnan som han inte visste ett dyft om. Bara att hon
bott i Nöden. När akten närmade sig sitt slut, hov Olofsson upp
sin röst. Han var en av de sju närvarande i Klosterkyrkan. Han
framhöll att Vera ändå hade varit en både rolig och bra människa
trots hennes »yrke«. Hon var ju pålitlig. Inte heller var hon svår
att komma överens vad gällde betalningen. Den var tämligen
modest. Dessutom hade hon alltid brännvin när det knep. »Nej,
Vita Negern hade min själ sina förtjänster«, framhöll Olofsson
och strök en tår ur ögonvrån med en smutsig näsduk.

»Nöden blir sej nog aldri´ lik efter henne«, avslutade han sitt
hastigt påkomna tal. Sedan tillade han: »Jag menar förstås likt.«

***

Ledde hade under en kort tid en kvinna som han umgicks med
från och till. Thea hette hon. Hon arbetade som butiksbiträde på
Lundaortens mejeriförening som låg längst ner på Södergatan.
Huvudbyggnaden bestod av tre längor i u-form. Huvudlängan

utmed Stora Södergatan hade en riktigt representativ utform-
ning; den såg ut som en stor villa i vackert rött tegel. På områ-
det fanns tjänstebostäder för disponenten och butiksbiträdena,
några kontorsrum och så butiken där Thea arbetade. Thea bodde i
en av tjänstebostäderna. Alltså såg hon ingen anledning att flytta
till Leddes torftiga, ostädade bostad i Nöden. Kallt var där också
varför hon hade tagit med sig en väska innehållande en yllekofta,
ett par varma sockar samt en tjock morgonrock. Att gifta sig var
det aldrig någonsin tal om. Men visst hade de trevligt emellanåt.

Thea kröp upp i soffan. Hon hade bara morgonrocken på sig. Den
öppnade sig som av en ren tillfällighet. Ledde kunde se hennes
stora vita bröst. De lyste vita som alabaster. »Gå och lägg dig.
Jag kommer snart«, sa Ledde med ett belåtet flin. Han gick ut på
gården och pissade. Vaskade av sig nödtorftigt och gick in igen.
Tömde det sista i glaset. Han hörde Thea säga:
    »Kommer du inte snart, Ledde?« Det var inget fel på deras
kärleksnatt om det nu var en sådan. Ledde var lite tveksam om
det hade gått rätt till. I alla fall var det inte särskilt praktiskt.
På tok för trångt och Ledde var van att sova ensam. Den smala
sängen knarrade och suckade något alldeles förfärligt. Och att
bo ihop skulle bli alldeles omöjligt. De hade provat den här nat-
ten och det räckte. Redan klockan fem på morgonen ville Thea
hem till Mejeriföreningen och sin breda säng. Man kunde väl
umgås ändå. Utan att bo ihop, tyckte han. De bodde faktiskt nära
varandra. På gångavstånd. De fortsatte att umgås men alltmer
oregelbundet. Ledde ville ha sin frihet. Dessutom både lockade
och skrämde det sexuella honom. Theas förslag om att skaffa en
ny säng kunde hon glömma.

***

Hur såg den unga generationen på Nöden och dess innevånare?
Stadens folkskoleelever hade inte en lika fördömande syn som
läroverkseleverna. Vårfruskolan på Råbygatan låg inte så långt
ifrån Nöden. Ledde hade gått där hela sin korta skoltid. Där gick
fortsättningsvis åtskilliga av Nödabarnen. De var illa klädda och
många gick i träskor året om. Barnen bar trasiga kläder och de

såg fattiga ut. De inte bara såg fattiga ut. De var fattiga. De var hänvisade till att leka på de trånga smågatorna och inne på de illaluktande innegårdarna. Ogärna begav de sig utanför Nöden även om det var nödvändigt för att komma till skolan. Efter skoldagens slut, skyndade de sig snabbt hem igen till Nöden. Området var trots allt deras trygghet i en stad som dominerades av borgerskapet och de lärda vid universitetet. Inte sällan pågick det slagsmål mellan ungar från Nöden och läroverkspojkarna. Även stundtals mellan vuxna. Särskilt när löningen hade kommit söps det till. Oväsen, bråk och lösaktiga kvinnor gjorde att till Nöden vågade man sig inte. Hade man trots allt ett ärende dit fick man se upp. Även sedan Tyskland hade förlorat andra världskriget och vidrigheterna i koncentrationslägren uppdagats, fanns det i staden fortfarande personer som var nazianstuckna. En av mina lärare med sympatier för nationalsocialismen sa:

»I Nöden. Där kan ingen normal människa bo. Det vimlar av judar och kriminella. Polisen borde bevaka ghettot bättre. Helst borde det helt utplånas. Är det någon i klassen som råkar bo där? Något av samhällets olycksbarn?« Frågan var synnerligen impertinent eftersom det i skolkatalogen stod både elevernas födelseår samt adress. Erik kröp ihop i sin bänk som var placerad längst ner i klassrummets ena hörn. Att han satt just där var ingen tillfällighet. Där störde honom läraren minst. Lektor Wederholm hade emellertid falkögon.

»Nå, Erik! Bor du inte i Nöden? Eller har jag fel?« Lektorn slog med pekpinnen på utsidan av sin högra ridstövel. Erik skruvade på sig och svarade: »Bara i närheten. Råbygatan räknas nog inte dit.« Han hade rätt. Råbygatan var en smal genomfartsgata som ledde till Mårtenstorget respektive Södra Esplanaden. Samtidigt betraktades gatan som en gräns mot Nöden. Hur det nu var, hade Nödaborna dåligt rykte. Det var inte mycket att göra åt. De var stigmatiserade av stadens övriga innevånare. Ofta skedde detta på ren hörsägen. Det fanns de som uttalade sig utan att de någonsin hade satt sin fot där.

Den sydöstra stadsdelens innevånare bestod helt enkelt av »sämre« folk. Dumskallar, fattiga stackare och alkoholmissbrukare. De konstiga judarna med sina svarta kippor, långa svarta kaftaner och lockiga sidoskägg, bidrog till att stadens innevånare undvek Nöden. Ledde hade ingenting direkt emot judar även om han kände många som ogillade dem. Folk fick väl vara som de ville? Han bodde mitt ibland dem.

»Va é problemet?« sa han när någon klagade på judarna. Vad som skiljde dem från deras grannar var deras omfattande religiösa aktiviteter med dagliga bönestunder hemma och i synagogan. Ledde kände till både familjerna Kanter, Katz, Rubinowitz och Schatz. De var rejäla människor som det gick bra för. Så bra att de så småningom flyttade från Nöden. Kunde man inte unna dem det? Kanske berodde det på att de bad tre gånger om dagen? Ledde visste inte så noga men så sade ryktet. Kanske visste Valenta? Han som var utlänning och bott på kontinenten.

»Vad säjer du, Valenta om judarna? Hjälper deras böner dem? Valenta svarade inte. Ledde fortsatte:

»Änte hjälpte det dem i Tyskland så vitt jag förstått. Ledde ville inte riktigt släppa ämnet.

»Är där änte många judar som é väldans driftiga? Nåna jäklar på att göra affärer é de i alla fall. Där ligger man i lä.« Valenta dröjde med svaret. Sedan sa han:

»Vet inte så noga. Jag har aldrig lärt känna dem.« Det verkade som om Valenta helst ville undvika samtalsämnet. Inte Ledde emot. Han hade bara råkat glida in på frågan. Det var väl inget som Valenta behövde bli putt för. För putt hade han blivit. Så pass väl kände han österrikaren.

Valenta började istället orda om något helt annat. Han tyckte att det saknades ett nöjesetablissemang i Nöden. En liten enkel scen av något slag borde kunna ställas i ordning. På den kunde det ordnas enklare uppträden och lite musik. Själv kunde han i så fall bidra med några akrobatiska nummer och lite fiolspel. Ledde var lagom entusiastisk men de enades om att det saknades någon form av nöjeslokal.

»Helst ska vi ha en med utskänkningstillstånd«, tyckte Ledde. Godtemplarhuset på Prennegatan kunde knappast räknas till avdelning nöjen.

»Visst går det att använda huset för sammankomster men av vilket slag?« sa Ledde och slog uppgivet ut med armarna som den värsta fransman. Sen tillfogade han efter ett tag:

»Men en sak är klar. Jag sätter aldrig min fot där, bland di där saftpiraterna!«

Människorna i Nöden höll ihop. De delade samma öde. Fattigdom, sjukdomar och trångboddhet. Tillfälliga stridigheter kunde flamma upp men de gick vanligtvis snabbt över. För det mesta uppstod bråken och slagsmålen som en följd av fylleri. När arbetarna, varav många jobbade på Holmbergs mekaniska i närheten av Bantorget, fick löning, skulle det firas med besked. Många fruar skickade sina barn till fabriken för att rädda en slant av mannens lön innan han hunnit supa upp alla pengarna. När Holmbergs lades ner 1942 fick många jobb på Nordiska Armaturfabriken. Det förändrade inte mönstret ett dugg. Det blev samma visa när det var avlöningsdags.

Boendemiljön i Nöden utgjordes av en genuin arbetarbefolkning men det fanns också inslag av lite udda individer och grupper. En och annan efterlyst gömde sig gärna en tid i husgyttret. Alltid fanns den någon Nödabo som lät den efterlyste tillfälligt bo i vindskupan. En och annan hälare fanns också i Nöden vilket polisen kände till.

»Inbrott rapporterat hos Schatz urmakeri på Östra Mårtensgatan«, sa polisöverkonstapeln Lindh. »Då går vi ner till Nöden först, Brogren.«

Konstapeln Brogren skulle nödvändigtvis med för han var den som kände området utan och innan. Han meddelade den upprörde urmakaren, att med lite tur kunde en del av stöldgodset nog hittas hos en av de mest kända hälarna i Nöden.

De arbetare som bodde på andra ställen i staden såg ner på folket i Nöden. Även de som dagligen arbetade i stadens fabriker. De som bodde i Nöden var liksom av en annan sort. Annars hade de väl inte hamnat i Nöden? Där fanns det också familjer som ansåg sig lite finare. Även i ett område med vanrykte, tenderade man att upprätta en social rangskala. Alla var inte fattiga arbetare, alkoholister, hälare, prostituerade eller småtjuvar. Det fanns faktiskt de som skötte sig. Hederligt folk. Några var till och med organiserade nykterister. De besökte regelbundet mötena i Godtemplarhuset på Prennegatan. Det visade på att det fanns skötsamma människor i området. Man kunde också skryta med att där bodde några soldater. Både kvinnor och män. De var stolta soldater i »Guds armé«, Frälsningsarmén. Deras samlingslokal var förlagd till Magle Stora Kyrkogata i den centrala stadskärnan. Det hindrade emellertid inte att frälsningssoldaterna ofta framträdde i Nöden. Där spelade och sjöng de sina medryckande sånger. De ville nå ut med sitt budskap i slummen.

Det fanns förvisso en social underklass i Nöden. Men också ett socialt välanpassat mellanskikt samt ett överskikt bestående av husägare och vicevärdar. Det var de senare som betraktade sig som lite för mer. Visst var det i Nöden de fattigaste och mest föraktade bodde. Trots detta fylldes området ständigt på med nytt folk som behövde någonstans att bo. Nyinflyttade av lägre samhällsklasser hamnade nästan alltid där. Ambitionen att ta sig därifrån fanns säkert men för de flesta blev det Nöden livet ut. Området var tidigt omdiskuterat. Många av stadens potentater men även vanliga innevånare, såg Nöden som en skamfläck. Det gjorde även en ung gänglig student av Värmlands nation som sedermera skulle bli landets statsminister. Under hans studietid hade stadsläkaren framhållit: »det mest ändamålsenliga och barmhärtiga vore att hälla bensin över hela skiten, tutta eld och låta hela området bli lågornas rov.« Det fanns många som delades hans uppfattning. Nöden skulle man inte besöka i onödan. Det var ett ogästvänligt område. Detta trots att de låga små husen såg så pittoreska ut vid ett hastigt påseende. Ibland hände det att någon turist kommit fel. Det kunde man se eftersom vederbörande gick omkring och fotograferade. Det var väl ingenting att fotografera, tyckte de gamla i området och skakade på huvudena.

Nöden fick från början dåligt rykte vilket satt i under mycket lång tid. Där bodde bara kroppsarbetarna, en del hantverkare, stans alkoholister samt ett antal luder. Fast man skulle förstås inte glömma bort de där frälsningssoldaterna men deras lön var låg. Desto högre lön var de utlovade då de befordrades till den himmelska härligheten. Judarna levde sitt eget liv isolerade från resten av innevånarna i Nöden. De upplevdes aldrig som störande utan mer som ett exotiskt inslag som man så småningom vande sig vid. Något bråk mellan judarna och den övriga befolkningen i Nöden, hörde man sällan eller aldrig talas om. Judarna tillhörde den kategori som tidigt hade slagit ner sina bopålar i området Ripas äng. Därför skulle de som pionjärer respekteras. Hur det nu var med deras böner och riter blev Ledde aldrig riktig klok på men det bekymrade honom inte. Han hade annat att tänka på.

***

Nöden var fattigt och smutsigt. Det kan inte sägas för många gånger. Detta gav naturligtvis upphov till sjukdomar. Råttorna var stora som katter men fetare. De låga små husen var dragiga och illa medfarna. Den låga bebyggelsen och trångboddheten var en sanitär olägenhet. Bättre folks barn och ungdomar borde inte besöka området. De som undrade varför folk inte flyttade därifrån, hade inte förstått problematiken. Hade man väl flyttat till Nöden, var det lättare sagt än gjort att ta sig därifrån. Dessutom fanns det folk som trots torftigheten trivdes där. I Nöden fanns en gemenskap. Man hjälpte varandra efter bästa förmåga.

***

Trots allt negativt som sades om Nöden, cyklade jag varje dag i min barndom obekymrad genom området till och från skolan. Det var den genaste vägen från Råby till Stora Södergatan där Katedralskolan var belägen. Det hade hunnit bli tidigt 1950-tal men området var fortfarande torftigt ur många aspekter. Någon egentlig sanering och upprustning hade inte skett. Politikerna talade alltmer om rivning samt att i samband med denna göra en enda stor lång genomfart genom staden. Om detta klubbades i stadsfullmäktige skulle i så fall hela Nöden kunna rivas. Det skedde aldrig. Ibland steg jag av cykeln och ledde den över de kullerstensbelagda gatorna. Jag hälsade på en och annan av innevånarna som jag mötte. Faktum var att jag hade en klasskamrat som rodnande bekände att han bodde på Stora Tvärgatan. Vi stannade ofta till utanför det låga huset där han bodde. Han bad mig emellertid aldrig stiga in, vilket jag tyckte var lite konstigt. Vi var ju kompisar. Eftersom jag kände David, var jag mån om att hälsa på alla som jag mötte i Nöden. De kunde vara hans grannar. Vem som kände vem i området, kunde man aldrig så noga veta. Om jag hälsade på alla, slapp jag nog undan en massa onödiga frågor och undrande blickar. Läroverkspojkar var i allmänhet illa sedda i Nöden. Alltså kunde jag räkna med stryk om jag inte såg upp.

»Den gatan där jag bor på räknas inte till Nöden«, påstod David utan att jag fört saken på tal. Vanligtvis spelade vi mest fotboll ihop. Han påstod att han kände flera A-lagsspelare i både LBK och LFF. »Känner dom genom farsan«, sa han och sträckte stolt på sig. Hans pappa ägde huset de bodde i, vilket var mycket ovanligt i Nöden. De hade några inneboende också, förstod jag. En av dem slank ut på gatan där vi stod och hängde efter skoldagens slut. Mannen såg inte särskilt trevlig ut. En ljusskygg figur, hade min far sagt om han hade fått syn på honom. Hur det nu låg till med den saken, brydde jag mig inte så mycket om. David var en trevlig kille och han bodde där han bodde. Jag kände ingen anledning att undvika Nöden. Dessutom var det som sagt en genväg för mig som skulle österut för att ta mig hem. Till slut kunde jag hela området. Gatorna var trånga men den låga bebyggelsen gjorde att det ändå fanns en viss luftighet. Nöden var klart avgränsat både geografiskt och socialt. Området hade sina givna gränser i tre väderstreck. I väster Stora Södergatan där de båda Tvärgatorna mynnade. Gatan var den sydligaste delen av stadens urgamla genomfartsstråk räknat från söder till norr. Södergatan slutade vid Stortorget. Bebyggelsen i den södra delen av småstaden var marginell tills den Nya stan växte upp. Den som kom att kallas Nöden.

5 Ledde

Ibland inbillade jag mig att min barndomsstad såg precis likadan ut nu som då. »Barndomsstaden är sig lik, kanske bara lite mer trafik«, erinrade jag mig att inledningstexten till en gammal schlager löd. Det var i min barndomsstad jag första gången stötte på honom. Ledde kallades han för, och han var uppvuxen i Nöden. Där bodde han större delen av sitt liv. Ledde var känd i stora delar av staden men framför allt i Nöden. Inte lika känd som Schopenhauer men ändå. Det var att begära för mycket. Ledde var förstås död även om han dog betydligt senare än den tyske filosofen. Schopenhauer dog 1860 i Frankfurt am Main. Och Ledde i Lund 1992. Plötsligt kändes Ledde väldigt närvarande trots att han varit död i tjugofem år. Först några ord om den tyske filosofens utsagor innan jag berättar mer om Ledde. Det finns nämligen ett samband. Schopenhauer hade sagt något klokt om sanningar. Han påstod att alla sanningar genomgår tre stadier. Först blir de förlöjligade. Sedan blir de våldsamt motarbetade. Slutligen blir de accepterade som självklara. Det förde ofelbart tankarna till Ledde. Vad är sant och vad är falskt? Vad är myt och vad är verklighet? Var han inte ett praktexempel på att Schopenhauers teorier om sanningar stämde? Ju mer jag tänkte på saken desto mer övertygad blev jag att filosofen hade rätt. Det brukade han förresten ha.

Då Ledde växte upp, var Lund bara en småstad. Ännu längre tillbaka i tiden kallades den lite föraktfullt för den akademiska bondbyn. I staden fanns det två utmärkta, välsorterade boklådor med exceptionellt kunnig personal. Dessa två låg för övrigt alldeles intill varandra på Stora Södergatan. Strax innan hörnet till Lilla Fiskaregatan. Först låg Lindströms och precis i gatuhörnet, Gleerups universitetsbokhandel. Dessutom fanns det några mindre boklådor längre bort på Klostergatan och även på Gråbrödragatan. En och annan bok hade han tragglat sig igenom men så särskilt studerad var han inte. Detta trots att han bodde i en universitetsstad. »Man föds där man föds, blir vad man blir«, sa Ledde. Han tillhörde inte den avundsjuka sortens människor. Snarare tyckte han att studenterna i staden var ett märkvärdigt släkte. Han förstod sig inte riktigt på dem. Dessutom hade de privilegier som de inte borde ha. Om Ledde var full, finkades han. Om en student var full, gick han vanligtvis fri. Dessutom fick studenterna vara dyngraka på gator och torg vart fjärde år då det var karneval. Var det rättvist? Ledde hatade lundakarnevalen. Den var ett fånigt påhitt. Glyttigt helt enkelt. Då den gick av stapeln, tog han sig ner till Höje å som låg vid tosingahuset Sankt Lars och fiskade. Ända dit kunde man höra hur mässingsorkestrarna tutade i sina horn. Det var i alla fall vad han påstod. Det kunde möjligen betvivlas men inte ifrågasatte jag sådana futtiga detaljer när han var i berättartagen. När Ledde blivit lite äldre, ändrades hans inställning till akademiker. En del av dem kunde man lära sig riktigt mycket av. Bäst gick det då man pratade om livet och konsten över ett glas starkt. Studenter hade, hur det nu kom sig, en enastående förmåga att alltid få fram spirituosa när den som bäst behövdes. Den ende som kunde konkurrera i det gebitet var Söderberg. I slutet av sitt liv påstod Ledde att det inte fanns en enda studentnation i hela staden, vars fester han inte någon gång deltagit i sent på nattkröken. Huruvida han inviterats eller bara slunkit in, framgick inte. I Lund pågick det alltid fest någonstans. Det uppskattade han. Det bröt liksom vardagstristessen. När studenterna åkte hem för sommarledighet kändes staden nästan livlös. Pulsen gick ner påtagligt. Ledde lärde med tiden känna några studiosus som inte tillhörde den fisförnäma sorten. Det kändes bra. Och de var hyggliga när han behövde lite mat, sprit och empati. Ledde lät sig tacksamt trakteras.

För att återgå till det litterära, hade Ledde inget emot böcker även om han inte var särskilt beläst. Därför var det lite av ödets ironi att han utbildade sig till typograf. Dessutom var det inte hans egen idé utan en uppmaning från hans fosterfar. Inte bara en uppmaning; det var en order. Fosterfadern var sträv, sträng och envis. Han bestämde allt i hemmet tills han en dag fick ett slaganfall och dog knall och fall. I sex år stod Ledde ut i bokbinderiet på Sankt Annegatan 4. Det var för övrigt en gata han skulle återkomma till många gånger i sitt liv. Dock inte till Håkan Ohlssons bokbinderi utan till gatan i form av motiv till en målning. De första åren var han lärling. Därefter fick han anställning fast han inte ville ha den. Lönen ville han ha, men inte arbetet. Det stängde in honom. När det var vackert väder längtade han ut i friska luften så att han höll på att förgås. »Osse va´ de månda´ igen«, konstaterade Ledde redan på söndagseftermiddagen. Alltså var halva söndagen redan förstörd av våndan inför den kommande arbetsveckan. Han tröttnade alltmer. Framför allt på de fasta tiderna och på sin vresiga, petiga förman. En vacker vårdag gick han bara därifrån. När förmannen undrade vart han skulle ta vägen så där mitt på blanka eftermiddagen, sa Ledde:

»Jag ger fan i joubbet nu. Å, daj osse! Jag ska bli konstnär, en fri människa.« Förmannen tittade barskt på honom och sa:

»Så där kan han inte göra. Lundberg måste säga upp sig skriftligen. Och det i laga ordning. De´ råkar finnas nått som heter uppsägningstid.« Förmannen upplyste honom för säkerhets skull en gång till på sin breda skånska vad som gällde. Ledde fann det konstigt. Nog hade han varit med om att folk fått kicken direkt. Då gällde väl rimligtvis också det motsatta.

»De´ ger jag blanka fan i«, sa Ledde. Han lämnade arbetsplatsen utan att bevärdiga den inskränkte förmannen Jönsson med en enda blick. Nu hade han gjort vad han hade planerat redan vid lärlingstidens början. Vilken härlig känsla av befrielse. Nu kunde han ägna sig åt att måla. Känna sig fri som en fågel. Slippa instängdheten i bokbinderiet. Där passade han inte in. Gatumålare var vad han tänkte bli. Två månader senare stötte han på hemvägen ihop med Jönsson som kom gående uppför Bankgatan i riktning mot apoteket.

»Jaså! Här har vi smitaren«, sa Jönsson. Ledde hade inte tänkt stanna till, men nu gjorde han det i alla fall. Eftersom han inte var helt nykter, ställde han sig för säkerhets skull lite bredbent.

»Vill bara säja Jynsen en sak. Ära vanärar, titlar degraderar och fast anställning fördummar.« Sedan fortsatte han gatan ner mot Tvärgatorna. När han vände sig om såg han Jönsson stå kvar med gapande mun. På avstånd hörde han sedan honom skrika:

»Var fan har han lärt sig sånt där struntprat?« Ledde vände sig om på nytt och ropade tillbaka.

»Av Flåbärr förstås. Har Jynsen ingen allmänbildning?«

Steget att sluta den trygga anställningen hade sin förklaring. Ledde hade lovat sin fostermor att arbeta så länge hon levde. Nu var hon död.

***

Det var inte i folkskolan som han stött på den franske författaren Gustave Flaubert. Det var i bokbinderiet. I skolan var han inte så säker på att han hade lärt sig särskilt mycket. För det mesta mindes han inte alls vad han hade läst i läxböckerna. Tankarna spretade för det mesta åt helt andra håll när han slog upp dem. Det skedde för det mesta då han satt på dass. Men nog hade han trots allt lärt sig det allra nödvändigaste; skriva, läsa och räkna. Geografi och teckning gillade han men resten kunde kvitta. Historia och politik intresserade honom inte det minsta. Världen hade väl alltid varit galen, så vitt han kunde förstå. Var förresten inte det hela lite egendomligt upplagt? Tvinga alla att gå i skolan. Vad skulle det tjäna till? Var det inte bara en slags hjärntvätt och en förberedelse för ett slitsamt arbetsliv? Inte var det tal om att han, som var uppvuxen i Nöden, skulle gå i någon realskola. Annars låg för all del stadens finaste och äldsta läroverk, Katedralskolan, alldeles i närheten på Stora Södergatan. Att skolan hjärntvättade eleverna, förstod Ledde tidigt. Det sa sig nästan självt. Skolan gick enligt Leddes uppfattning ut på en enda sak. Eleverna skulle eftersträva ett mål som någon annan satt upp. Blev man en duglig medborgare av det? Det trodde han inte ett dugg på. Det var långt ifrån säkert att den lyckades, skolan alltså.

Ledde hade heller aldrig förstått varför man måste arbeta. Överleva kunde man göra ändå. Det fanns vettigare saker att ta sig för än att slita och släpa. Livet var kort och konsten var lång, hade han hört någon lärd yttra. Det lät klokt. Sedan han lämnat bokbinderiet blev det bara några korta påhugg. Bära ut tidningar tröttnade han på efter fyra dagar. Gå upp mitt i natten och ge sig ut i ruskväder var inte hans melodi. Han var en fri man. Ledde tog därför dagen som den kom. Det var något som bröt mot synen på arbete som en moralisk, samhällelig plikt. Det var skötsamhetsidealet som stod i fokus. Den skötsamme arbetaren uppmanades att tänka i nya banor. Skaffa sig mer kunskaper.

Om han ville något med sitt liv och komma uppåt i samhället måste han lämna den mörka, smutsiga och vidskepliga landsbygden. Framtiden fanns i den ljusa, rationellt planerade staden. Inte kände sig Ledde som den nya tidens arbetare. Inte heller var han uppvuxen på landet som fosterföräldrarna. Politik intresserade honom inte det allra minsta. Dessutom var han född i en stadsdel som var allt annat än ljus och rationell. Han stämde helt enkelt inte in på mallen. Det medförde att han därför på ett tidigt stadium betraktades som lite asocial. Säregen, var ett annat ord som man gärna högg till med. Ledde kände sig inte det minsta säregen. Dum var han då rakt inte. Långt därifrån. Stadens sociala förtroendemän hade emellertid synpunkter. Han betedde sig alltför ofta obetänksamt. Något föredöme var inte Ledde direkt. Han var och förblev ett barn av Nöden. Sådana hittade bara på djävulskap enligt Det sociala. Den stämpeln som han fått, satt i för evigt. Pojken gjorde redan sedan barnsben vad som föll honom in. Det hade dessutom en myndighetsperson från barnavårdsnämnden noterat i en journal. Ledde hade en fostersyster som var helt annorlunda. Hon var skötsam och ordentlig på alla sätt och vis. Med henne hade han inte så mycket gemensamt. Leddes alla busstreck resulterade i att han fick mycket stryk. Mest av allt av den brutale fosterfadern. I skolan åkte han på åtskilliga lusingar när han bröt mot reglerna. Lusing på skånska var detsamma som örfil. Det hände allt som oftast att han även fick kvarsittning. Då ägnade han sig åt att teckna. Vid en orientering i Dalby hage saknades han vid återsamlingen. Sedan dök han plötsligt upp ur intet, fast en timme för sent. Hela klassen med läraren i spetsen stod väntande vid cyklarna.

»Var har Lundberg varit?« undrade magistern som hette Lars Harry. »Plockat champinjoner«, svarade Ledde och såg helt oförstående ut. De var ju ute i Guds fria natur, så magisterns fråga var ovanligt fånig. Han visade stolt upp sin ryggsäck. Den var fullproppad med ängschampinjoner.

»Prima varor. Hela ängadjäveln é rent full me´ vita gullklimpar! Dom tar jag him till mossan.« Den här gången orkade inte läraren bli arg. Det fick räcka med att han brukade kasta sin stora nyckelknippa på Ledde då han busade. För det var vad han med jämna mellanrum gjorde i klassrummet på Vårfruskolan. Lars

Harry tänkte. Pojkspolingen var onekligen ett födgeni. Säkert hade han planer på att sälja svampen på Mårtenstorget och tjäna några kronor. Ganska påhittigt, tänkte magister Harry som var en ekonomiskt sinnad person.

»Det får passera för den här gången«, bestämde sig magister Harry för. Ledde lät sig inte fösas in i några fållor. Varken under skoltiden eller senare i livet. Han avskydde allt som var alltför organiserat. Det innebar bara en massa förbud och krav. Ville han plocka svamp, så plockade han svamp. Ville han sova lite längre, så gjorde han det. Alltid med gott samvete. Det var få som vågade ta sig sådana friheter. Ovettet och lusingarna som han visste skulle komma, tog han gärna lite senare. När någon skällde på honom, satte han båda händerna för öronen och skrek:

»Jag hör inte, jag hör inte, jag *hööör* inte!« Ville han spela fotboll, så gjorde han det. Om han inte hade lust, gav han fan i det. Ledde och fotbollen är förresten ett kapitel för sig.

6 STADSVANDRINGEN

Ledde föreföll att alltid vara på väg. Åtminstone fick man det intrycket då man såg honom hasta upp från Nöden i riktning mot centrum som om han hade eld i baken. Ville man ha tag i honom gick man hem till honom på Prennegatan. Var han inte där kunde man med stor sannolikhet hitta honom på Grynmalaregatan eller Tvärgatorna. Utanför Nöden höll han mest till på gatorna inom Kulturkvadranten. Det tog dock några år innan han kände sig hemmastadd där. Med tiden sökte han sig allt oftare dit för att måla. Adelgatan blev något av en favoritgata. De gånger som han verkade ha särskilt bråttom, var han på väg till Mårtenstorget. Dit styrde han stegen med vissa intervaller. Inte var det bara för torghandelns och folklivets skull. Förklaringen var att där låg stadens enda systembolag, Vin-och spritcentralen. Bolaget, sade de flesta rätt och slätt. Gamla lundabor visste vem han var. Nya lärde sig snabbt känna igen honom. Även om de sett honom på stan, visste de inte vem han var eller vad han hette. Han bara fanns där. Han tillhörde helt enkelt stadsbilden på något sätt. De som visste kunde berätta:

»Det där! Det är Ledde, gatumålaren. Om honom går det massor av historier.«

Skrönorna blev med åren fler och fler. Till slut blandades myt och verklighet samman. Men vad gjorde det? Det hade väl hänt förr i historien. Ledde kändes igen på sin karakteristiska gång och på sin klädsel. Den svarta Leddemössan, den svartblanka trådslitna kavajen, den likaledes svarta skjortan samt den gråmelerade halsduken fullbordade hans gestalt. Jag tror aldrig jag någonsin såg honom iförd överrock ens i den kallaste vinter.

***

Ledde hade varit utanför Nöden hela dagen. Han hade rastlöst vandrat gata upp och gata ner. Kanske kunde stadsvandringen ge honom lite ro i själen. För tillfället saknade han inspiration vad det nu kunde bero på. Då han befann sig uppe på Kyrkogatan i höjd med domkyrkan, vände han plötsligt på klacken.

Vad hade han där att göra?

Kyrkogatan var då rakt ingen gata som han tänkte måla av. Det var heller ingen gata där man strögade, varför han följaktligen inte mötte så många människor. Det gjorde ingenting. Stora folkmassor var ingenting för honom.

Strax passerade han det gula hus där Jordbrukarbanken höll till. Därefter kom i rask följd Erikssons blommor, Herkules skor och en köttaffär. Sedan befann han sig plötsligt på Stortorget. Där låg Rådhuset som egentligen var det gamla ombyggda Stadshuset. Där satt stadens styrande organ, Magistraten. Huset inrymde även stadens poliskår och fungerade följaktligen också som polisstation. Ledde kände alltför väl till byggnaden. Han mindes hur polisen i hans barndom fotpatrullerade. Lagens väktare syntes kontinuerligt patrullera på gator och torg. De bar uniformer med förgyllda knappar. Vid sidan hängde en sabel med guldtofs. När de patrullerade dinglade sabeln fram och tillbaka. Polisen ingav onekligen respekt. Dessutom kände polisen igen den fasta befolkningen. Ledde räknade sig förvisso dit, även om han var uppvuxen i det föraktade Nöden. Större var inte Lund på den tiden.

Han drog sig till minnes alla historier om polisen. Vissa skrönor hade han hört, andra hade han figurerat i. Det fanns en lång, stilig, respektingivande poliskommissarie som hette Settergren. Carl Arthur Gösta i förnamn. Han skulle vid ett tillfälle transportera en dansk tjuv vid namn Rasmussen. Denne hade en tid hållit sig gömd i Nöden men nu var han haffad. Dansken hade härjat i Lund en längre tid och polisen var mäkta stolt över att mannen nu var gripen. Det var antikhandlaren på Grönegatan som hade lyckats med bedriften att ta fast boven men polisen tog förstås åt sig äran.

»Jodå. Vi tog han allt till sist. Fattas bara annat«, lät det lite övermaga. Nu skulle skurken i alla fall transporteras till häktet i Malmö. Rasmussen var emellertid både snabb och förslagen. Under transporten rymde han. Det var då elaka tungor döpte om kommissarie Settergren till »Släppergren«. Ledde log åt minnet där han promenerade omkring i staden. Bortom Rådhuset, lite längre ner på Stortorget, låg Reginateatern som den ursprungligen benämndes. Regina var mer välbekant som biograf eftersom det var filmen som kom att dominera. Något palä var Regina knappast. Snarare betraktades den som stans fulaste byggnad. Lite egenartad till sin konstruktion var den allt vid ett närmare påseende. Den fristående byggnaden som rymde fyrahundra besökare, visade för det mesta sevärda filmer. För att komma in fick man gå genom en port till A P Hedmans fastighet på Stora Södergatan. Där köpte man biljetterna. Mellan det Hedmanska huset och biografen fanns ett högt plank med en dörr. Genom denna lämnade publiken teatern efter föreställningens slut. I sin barndom hade Ledde med visst besvär lyckats planka in, vilket krävde både energi, förslagenhet och vighet. Nog mindes han. Matinéerna var en fröjd att se även om filmen ofta gick av. Då busvisslade alla ungar och kastade papperssvalor i lokalen. Biografvaktmästaren iförd mörkbrun långrock och skärmmössa tog ungarna i upptuktelse. Lyste med sin ficklampa och ertappade de värsta syndarna. Fortfarande fördjupad i minnenas kavalkad gick Ledde med ett leende tvärs över gatan.

Framför honom dök nu Sam Nilssons Järn upp. Den som av många ansågs vara på tok för dyr. Eskilstunaboden i hörnet av Västra Mårtensgatan och Stora Södergatan var bättre. Den var både stor och välsorterad. Expediterna kunde verkligen sitt jobb. Här förekom inga små påsar med tjugo blandade spik. Här var det ordning och reda. Expediten tog reda på det tilltänkta användningsområdet, räknade upp så många spikar eller skruvar av den typ man behövde. Sedan gjordes en strut av brunt papper och sedan betalades varan. Givetvis såldes där också större mängder spik och grövre järnhandelsvaror såväl som husgeråd. Det var inte ofta Ledde behövde spik men han gillade tillvägagångssättet i boden. I samma husrad låg biografen Palladium, och via en port lite längre ner kom man in till en liten fabrik som tillverkade gräddbullar. Där kunde man billigt köpa skadade produkter. Man fick då en strut med gräddbullar utan kexbotten eller bullar som var lite defekta. Ledde fortsatte förbi blomsteraffären och biografen Saga. Granne till biografen låg Glambecksbaren som var ljus och fin. Dessutom var den billig. För en och femtio kunde man få en tallrik gröt med mjölk. Den hade ordentliga bord och stolar både på nedre och övre etaget. Möblerna gick i ljust ekträ vilket gav ett modernt intryck. På det översta etaget kunde man sitta och titta ner genom ett stort panoramaglas på folkvimlet på Stora Södergatan. Det gjorde aldrig Ledde.

Däremot brukade han ofta slinka in huset intill som var ett gammal nedlagt bryggeri. Ölstugan fanns kvar liksom skylten. Huset låg i hörnet av Stora Södergatan-Lilla Tvärgatan.

Lite längre ner låg Elida Johnssons präktiga damekipering med sitt stora, frikostiga skyltfönster. Han noterade förstrött affären. Gick tvärs över gatan och styrde på nytt stegen norrut. Nu var han nästan tillbaka där han tidigare varit. På Kyrkogatan.

Vad hade han där att göra? Planlöst hade han gått runt i staden som en viss Ulysses i Dublin. Så kom han äntligen på vad det var han skulle göra. Han vände därför på nytt söderut. Det var det gamla apoteket han skulle besöka! Strax befann han sig utanför Apoteket Svanens Materialaffär. Här kunde man köpa förbandsartiklar men även Stilles och Doktor Johnssons babyartiklar, allt av högsta kvalitet. Han skrattade till. Den butiken besöktes aldrig av någon från Nöden. Den var på tok för dyr. Några steg till och han befann sig utanför målet för promenaden.

***

Det vackra apoteket Svanen hade anor från slutet av 1600-talet. Han hade länge funderat på om han skulle måla av exteriören. Interiören intresserade honom också men den skulle han förmodligen aldrig få tillåtelse att fästa på duk. Han var ju bara en simpel gatumålare. Sådana höll till ute i det fria. Dessutom var han osäker på hur man tilltalade en apotekare. Dög det med skånska, tro? Han gick med lite dröjande steg in i det berömda apoteket. Inredningen var utsökt vacker. Den bestod av satinvalnöt med intarsia i varierande träslag. Och så stod det en massa ord på väggarna som han förmodade var latin. Inredningen hade skapats i 1900-talets början av dåvarande ägaren Fredrik Montelin. Allt det där visste Ledde ingenting om just då. Han stannade bara en kort stund inne i apoteket eftersom han tyckte att kunderna och personalen tittade lite väl närgånget på honom.

Mellan apoteket och Reflexbiografen låg det i ett smalt utrymme en glassbar varpå följde två stora skyltfönster. Affären tillhörde den berömde silversmeden Wiwen Nilsson. Honom kände faktiskt Ledde till, även om han inte visste hur pass berömd silversmeden var. Ledde hade bara hört talas om att Wiwen var en högst originell man. Det berodde förmodligen på hans skicklighet, manér samt klädsel. De hade faktiskt pratat med varandra. Det hände då de råkade kollidera våldsamt i hörnet till Klostergatan. Det var nu två somrar sedan. Ingen av dem var särskilt nykter. Det fanns dock några väsentliga skillnader. Wiwen hade intagit ostron och champagne på Grands uteveranda tillsammans med tonsättaren Sten Broman. Ledde hade delat en sjuttifemma med Söderberg på en bänk vid Mårtenstorget. En annan skillnad var att Wiwen bar en oklanderligt vit linnekostym medan Ledde såg ut som vanligt. Svart blanksliten kavaj, slitna byxor och Leddemössan på plats. Han visste att silversmeden egentligen hette Karl Edvin men kallades för Wiwen. Silversmeden visade sig vara född 1897 i Köpenhamn. Det berättade han, då han på Grands bakficka, bjöd Ledde på pyttipanna och Bäska droppar. Gentilt som bara den!

»Du har räddat mitt liv«, påstod Wiwen som vid det här laget var gråtmild. »Jag kunde ha slatt bakhuvudet i gatan och dött!«

»Herrn lever farligt, som rusar omkring udan att se saj för!« sa Ledde förnumstigt.

I sitt stilla sinne tänkte han, det kunde lika gärna ha varit han som drattat i gatan, men det sa han förstås inte.

Hur som helst så blev det en dag som han sent skulle glömma. Innan de skiljdes åt undrade Ledde lite försiktigt:

»Hör nu, herr Wiwen. Vad vet Ni om Svanen? Apoteket alltså«, förtydligade han. Ledde såg förväntansfull ut medan Wiwen verkade något konsternerad. Därefter berättade han snällt hela apotekets historia eftersom han råkade känna till den. Ledde var mycket nöjd med vad han fick höra. Wiwen påminde därefter Ledde om att de faktiskt hade lagt bort titlarna. »Har vi? Jag har så himskans dålligt minne, men det stämmer nock«, sa Ledde och log vänligt.

Efter den gången med kollisionen, hälsade de alltid hjärtligt på varandra då de möttes. »Klostergatan«, sa Ledde. »Svanen«,

sa Wiwen. Det var som om två hemliga agenter bytte koder. Två
män ur vitt skilda världar. Åtminstone vad beträffar leverne
och social status. Konstnärer var de båda. På den punkten rådde
inget tvivel. De sågs inte på några år. Sedan dog Wiwen men det
var först i början av sjuttiotalet. Kanske det rent av var 1974?
Ledde var lite osäker. Åren gick så fort.

När Wiwen dog läste Ledde nekrologen mycket noggrant. Han
fick veta mer om mannen i linnekostymen som hade en frisyr
som liknade en katolsk munk.

Det visade sig att Wiwen som silversmed hade en alldeles spe-
ciell design. Med denna hade han gjort stor succé vid Stockholm-
sutställningen 1930. Ledde insåg att den typ av konstnärskap
som Wiwen sysslat med var något alldeles speciellt. Silversmide
tjänade man multum på. Att tävla med stora män hade heller
aldrig varit hans mål. Men visst var Wiwen en hygglig prick.
Inte alls så märkvärdig som Ledde hade utgått från. Wiwen hade
en söt dotter med ett öppet ansikte och med ett svallande röd-
lockigt hår. Ledde var inte helt ointresserad av henne. Hon var
nog alldeles för ung och Ledde alldeles för blyg. Särskilt när han
var nykter. Han visste i alla fall att hon hade tagit studenten på
Spyken. Den hette egentligen Lunds privata elementarskola men
kallades allmänt för Spyken. Skolan låg på Östra Vallgatan. Inte
i Leddes kvarter precis.

Kvinnor var för Ledde en gåta. Det var det inget större fel på
Thea. Hon som han från och till umgicks med med. Problemet
med Thea var att hon var fullständigt ointresserad av Leddes
konst. Dessutom var hon tjatig. »Du vill bara åt min kropp«, sa
Ledde indignerat. Bäst att hålla sig borta från fruntimmer. Men
helt gick det förstås inte. Hormonerna pockade emellanåt på all-
deles våldsamt. »Det bästa vore nog att man fick frid i byxan«,
sa han högt. Inne i huvudet surrade fostermoderns röst: Undvik
dåliga fruntimmer, bara elände, elände.

Was sagst Du? undrade Valenta.

»Nix«, sa Ledde. Han förtydligade: »Inget viktigt.« Där tog det
slut med hans tyska. Men han visste att Valenta förstod vad han
menade.

Snygga Gittan träffade han ibland. Henne hade han lärt känna då han besökte Gunnar. Denne som varit till sjöss hade alltid mycket att berätta. Påhälsningen hos honom handlade den här gången inte om att höra på gamla sjömanshistorier. Anledningen var en helt annan. Ledde hade inte något brännvin kvar. Men det hade säkert Gunnar. Det visade sig stämma. Där satt han lugnt och fint och pokulerade med en snygg tjej i sin lägenhet på Korsgatan. Sedan Ledde försäkrat sig om brännvinet, kom han snart i samspråk med kvinnan. Hon hette Birgitta men föredrog att kallas Snygga Gittan. Ledde blev genast eld och lågor. Henne måste han få träffa fler gånger om nu Gunnar ursäktade. En tid umgicks de intensivt men sedan blev det bråk om någon bagatell. Bagatellen handlade om att Snygga Gittan tyckte att Ledde kunde låta bli att jämt supa sig full.

»Jaså de«, sa Ledde leende. »Litta yrsel sätter krydda på tillvaron. Annars blir livet alldeles för grått å trist.«

Då Snygga Gittan hörde hur Ledde resonerade, gjorde hon slut. Enligt Leddes logik var slutsatsen att med kvinnor blev det alltid problem förr eller senare. Det var fan så mycket roligare att dricka en bägare tillsammans med Gunnar, Kjell och Valenta.

***

Han fortsatte sin vandring. Nu befann han sig plötsligt på Klostergatan. På exakt samma ställe där kollisionen med Wiwen ägt rum. Han gick förbi en pampig bankfastighet. Det var Skandinaviska banken. Där höll de stora kapitalisternas lakejer till. Så lär hans fosterfar ha sagt. Hans så kallade far som bara stack en vacker dag. Men Ledde var inte bitter. Han hade klarat sig bra ändå. Hans fostermor hade inte ställt så mycket krav på honom. Hon var lite egen men hon brydde sig i alla fall om honom på sitt speciella sätt. I alla fall gick det inte att komma ifrån, att hon hade en massa konstiga idéer. Påstod att hon jobbat på ett slott innan han föddes. Vilket trams. Ibland stack hon iväg till Åkarp. Vad hon gjorde där blev han aldrig klok på. Inte heller ville hon berätta när hon kom hem. Hade hon en karl där? Kunde det vara möjligt? Egentligen struntade Ledde i vilket. Han samlade ihop sina tankar. De senaste minuterna kändes det som om de, tankarna alltså, hade sprungit omkring som yra höns i skallen på honom. Kanske hade fostermodern påverkat honom mer än han hade förstått.

Strax dök Kaffeboden upp i blickfånget. Där såldes kaffebönor vilka maldes medan man väntade. De spred en ljuvlig doft. Här serverades också kaffe med våfflor på andra våningen. Där hade han som barn varit en enda gång med sin mamma. Hon betonade gång på gång att han inte fick berätta det för någon. Det var slöseri med kafébesök. Men »en gång var ingen gång«, påstod hon. Ledde förstod inte vad hon menade. Våfflorna smakade emellertid alldeles förträffligt. Vad den ständigt frånvarande fosterfadern hade med saken att göra, fattade han inte. Däremot funderade han ibland på vem som var han riktiga far. Dessa tankar återkom alltmer ju äldre han blev. En vacker dag skulle han få fatt i karlafan. Det var fegt att inte erkänna sitt faderskap. Hans mamma, som inte var hans mamma, berörde sällan eller aldrig saken. Om han frågade, blev hon som en mussla. Till slut tröttnade han.

I hörnet till Västra Mårtensgatan låg en handsk- och väskaffär. Den gick han förbi utan att ägna en enda blick. I nästa entré kunde man antingen ta trappan upp till fotograf Tykessons porträttateljé eller gå in till Gustaf Nilssons hattar och mössor. Här syddes studentmössor och doktorshattar. Ledde gjorde ingetdera. I dessa butiker hade Ledde inte någon som helst anledning att gå in. Han besökte överhuvudtaget högst ogärna affärer. I slutet av kvarteret där han nu befann sig, låg Magnus Nilssons Herrekipering. Ingången låg på hörnet. Han tittade förstrött på skyltningen. Skakade på huvudet och fortsatte in på Gråbrödersgatan. I motsatta hörnet låg Argus, en elegant affär för underkläder, nattdräkter och baddräkter. Inte heller den affären väckte hans intresse.

»Där handlar bara fint folk«, hade hans fostermamma upplyst honom om. Han mindes hennes kommentar. Lät hon inte lite avundsjuk?

Då var han bara tolv år och ännu inte intresserad av kvinnliga underkläder. Tänk att damerna klämde in allt fläsket i sådana där Spirellakorsetter. Att inte tanterna dog av andnöd. När han såg reklamskylten höll han nästan på att skratta på sig.

Nästa ingång ledde in till Mattssons foto. Det var en mer spännande affär. Där framkallades både vanliga fotografier och småbildsfilmer. Fotoaffären skyltade med nya, dyrbara kameror av det senaste slaget. Den affären intresserade honom. Han visste att han aldrig någonsin skulle få råd att köpa en bra kamera och börja fotografera. Det gjorde inget. Måleriet var trots allt att föredra. Att Mattssons Foto i Lund var Sveriges äldsta fotobutik visste han inte. Den hade öppnats fem år innan han föddes.

När han en stund senare gick förbi Sigfrid Ljunggrens välsorterade delikatessaffär där dörren inbjudande stod öppen, höll han för näsan.

Han visste hur de aptitretande dofterna av patéer, rökta skinkor, kryddor och exotiska frukter påverkade honom. Snålvattnet rann till. En jul skyltade man med stora vidhalsade flaskor med ett päron i som var preparerat med den finaste cognac. Päronet var naturligtvis alldeles för stort för att ha kommit genom flaskhalsen. Och inte kunde det ha växt inuti flaskan. Hur i jösse namn hade det gått till? Det var en gåta. Han mindes så väl från sin barndom hur åsynen hade attraherat honom. Särskilt det blåröda plommonet.

Nu var det hög tid att återvända till Nöden. Snart var han nere på Södergatan igen. Han gick söderut på den högra sidan av gatans trottoar. Passerade Gleerups, Lindströms bokhandel, Ahlgrens konfektyraffär, urmakaraffären och den lilla intima biografen Aveny som låg strax ovanför EPA. Sedan fick han för sig att ta en liten omväg hem. I hörnet av Kattesund låg Erikssons porslinsaffär. Den var han fullständigt ointresserad av. Trots det låg den där i alla fall. I blickfånget fick han strax Evas kondis. Det var ett populärt ställe där skolungdomarna höll till. Via Grönegatan tog hans sig förbi baksidan på Katte. Tvekade om han skulle fortsätta in på Gyllenkroks allé och därmed förlänga promenaden hem. Vad hade han på den fina gatan att göra? Han tvärvände och gick istället via Svanegatan i riktning mot Nöden. Korsade Södergatan och var strax nere på Trädgårdsgatan. Efter en stund var han äntligen hemma på Hospitalgatan. Där hade han bott så länge han kunde minnas. Det var hans gata och han trivdes där men namnet på gatan tyckte han inte om. *Hospitalgatan.* Det lät för djävligt! Ledde bodde på en gata vars namn han skämdes för. Att bo på en gata som förknippades med ett hospital var genant. Gatan kunde lika gärna heta Tosingagatan enligt hans uppfattning. Inte så konstigt att hans mor ofta lämnade gatan och hemmet. Hon tyckte inte heller om namnet. Kanske var det hon som fått honom att ogilla det. Hospital var ett belastat namn och detsamma som dårhus. Sankt Lars sinnessjukhus vid Höje å hade en gång i tiden hetat Lunds hospital. Det sa väl allt. Att hospital lika gärna kunde associeras till ett vanligt sjukhus, slog honom aldrig. Så småningom löste han problemet. Han såg till att hans post kunde hämtas hos Valenta som bodde på Prennegatan. Till slut tog Ledde steget fullt ut och flyttade också han in på Prennegatan.

7 Valenta

Valenta ansågs pålitlig trots att han var utlänning. Han utstrålade en form av naturlig auktoritet. Många trodde att han var jude men det var han inte. Han hade bara dykt upp i Nöden strax efter andra världskrigets slut. Slagit sig ner i Nöden och blivit kvar där. Länge höll han sig för sig själv. Han påstod att han var österrikare vilket det inte fanns någon anledning att betvivla. Hans språk var en salig blandning av tyska och danska. Ganska snart talade han också en slags hemmagjord skånska. Det var huvud på honom för han verkade ha lätt för att lära. Han blev genast omtyckt på grund av sin hjälpsamhet. Valenta ställde alltid upp. Han var trevlig men lite tystlåten. Dessutom drack han sig aldrig full. Han påstod att han var före detta cirkusakrobat. Ledde och hans vänner ifrågasatte inte hans historia. Ett brokigt liv hade han tydligen haft. Han såg lite sydländsk ut. Senig, smidig och lite kortväxt med en lätt haltande gång. Han såg inte direkt ut som en zigenare men lite åt det hållet kunde man tycka.

Vid närmare eftertanke såg han ut som Ledde föreställde sig en sydeuropé. Någon sådan hade han förstås aldrig träffat på men han hade väl fantasi. Valenta berättade sällan. Vid ett tillfälle berättade han i alla fall att han rymt från sin familj som drev en cirkus. På cirkusen hade han fått göra lite av varje men mest hade han uppträtt som akrobat. Fadern som egentligen var tysktalande tjeck, var enligt Valenta ett riktigt svin. Han hade bedrivit otukt med Valentas halvsyster. Fadern verkade besatt av kvinnor och ibland fick cirkusen ge sig iväg från olika städer eftersom polisen hade fått in anmälan om våldtäkter som skulle ha skett på cirkusområdet. Till slut hade Valenta fått nog av faderns amorösa nöjen och rymt. Om allt det där var sant, visste man förstås inte. Inte heller vad som hände med Valenta efter cirkustiden. Ingen i Nöden brydde sig om att forska närmare i hans livshistoria. Valenta började efter en tid måla men det gick inte särskilt bra i början. Han hade stora problem med att måla bra himlar men Ledde lärde honom några knep. Det enda som

Ledde förundrades över, var när Valenta drabbades av svårmod. Då talade han i lite gåtfulla termer.

»Livet är en allvarlig sak. Det skrapar människor omsorgsfullt ända in i märgen.«

En annan gång sa han högt efter några glas vin: »Liv! Gör med mig vad du vill men låt mig *um Gotteswillen* förstå!«

Ledde tittade storögd på honom. »Menar du att motgångar gör en förståndig eller tokig?« Österrikaren svarade inte. Åtskilliga gånger talade Valenta om att han tänkte flytta tillbaka till Österrike. Men inte så länge ryssar och annat löst folk ockuperade landet. När sedan amerikanare, britter, fransmän och ryssar lämnade Österrike och landet blev fritt, var han fortfarande kvar i Nöden. Det blev liksom aldrig av att flytta tillbaka. Lika bra var väl det. Han verkade trivas ganska bra med livet i Lund. När sorgsenheten kom över honom, ville han musicera. Då hände det att han lånade en fiol av någon av judarna i kvarteret. Sedan spelade han tills omgivningen började tröttna. Så länge han hade sina vänner i Nöden, stod han ut med att bo i Sverige. Framför allt trivdes han med Ledde. Inte för att de var så lika till sättet men Leddes sorglösa syn på livet var uppiggande liksom hans humor och impulsivitet.

Valenta var inte det minsta impulsiv. Snarare eftertänksam och lite saktmodig. Det fanns två skillnader mellan de två vännerna.

Valenta höll sig till billigt vin när han drack. Ledde ville helst ha något starkare. Dessutom drack han mycket oftare.

Valenta drack sig aldrig berusad men det gjorde Ledde. I nödfall drack Ledde av Valentas billiga rödvin.

Vino Tinto à 2.25 per flaska på Bolaget. Men bara i yttersta nödfall. »De var allt bra surt, den här skiten, Valenta. É du uppfödd på sånt kamelpiss?« sa Ledde som fått en sur uppstötning. Ändå klunkade han envist och under stora grimaser i sig hela flaskan. Valenta skakade på huvudet. Log bara sitt sorgsna leende till svar.

8 Fotbollsföreningen

1941

Vintern det året hade varit lika kall som året innan. Snåla, isiga vindar hade dragit in ifrån Lundaslätten. Den försenade våren ställde till det. Fotbollsplanen kunde bara bli hjälpligt spelbar ifall alla hjälpte till. Ledde längtade verkligen efter att fotbollen skulle dra igång. Han var en mycket lovande fotbollsspelare. Det bara var en begränsad krets i stan som kände till det men den utökades efterhand. Hans karriär blev visserligen inte så lång men desto intensivare. En kort tid spelade han för Lunds GIF. Klubben i hans hjärta var emellertid Lunds FF. Ursprungligen hette den Prennegatans IF då den bildades. Ledde var en av fyra tonåringar som tog initiativet. Snart anslöt sig ytterligare ett tiotal entusiastiska tillskyndarna. Ledde tog på sig rollen att föra ut det glada budskapet om att en fotbollsförening var född.

Nyheten måste spridas! Nya proselyter värvas. Han talade sig varm som den värsta agitator. En del lyssnade, andra inte. De som inte ville lyssna, bearbetade han särskilt. Man kunde aldrig så noga veta vem som till sist kunde bli fotbollsfrälst och stötta den nya fotbollsklubben. Ledde var inte rädd för att ta i. Lite överdrifter kunde inte skada. Hur skulle man annars få folk att bli intresserade? Det hade väl inte precis varit gnisselfritt då Malmö FF en gång i tiden hade bildats. Det hade Pelle berättat och det var en man som kunde sin idrottshistoria. Dessutom hade han kontakter inom Malmöfotbollen.

»Vi ska först bli stans bästa lag. Sen hela distriktets! Saj emot maj, den jävel som vågar«, sa Ledde sturskt. Ingen protesterade även om några såg lätt tvivlande ut. Ledde höll låda som aldrig förr. Det kändes nästan som ett rus. Orden bara kom till honom. De formligen forsade ur munnen. Han som kunde tiga en hel dag om han var på det humöret, pratade nu febrilt med ett fasligt engagemang. Fotboll var för alla!

»Snart ligger vi i division 3, minst.« Ledde brann för den nya klubben. Han var eld och lågor och ingen kunde släcka elden. Han cyklade runt i staden. Satte upp lappar i varenda port i södra och norra delen av stan samt i centrum. På den stora porten till domkyrkan anslogs också en lapp som tillkännagav det glada budskapet. En ny fotbollsförening var född. Nog borde kyrkan uppmärksamma födslar, tänkte Ledde. För honom var det en självklarhet. Vad lappen på domkyrkoporten skulle vara bra för, visste ingen mer än Ledde. Hans klubbkamrater ställde sig lite undrande när de hörde om domkyrkoanslaget medan Ledde kände sig stolt som en kyrktupp.

Lappuppsättandet var ett drygt arbete men det skulle säkert löna sig. Ibland blev han bortkörd av portvakten. I fallet med domkyrkan togs lappen ner av »biskop« Oscar Jönsson. Denne var en prudentlig, kortväxt man med oinfattade glasögon. Han rörde sig förvånansvärt snabbt med små ryckiga steg. Jönsson kunde allt om sin älskade domkyrka. Särskilt kunnig var han om det märkvärdiga uret inne i kyrkan. Hans titel var domkyrkovaktmästare och inget annat. Trots det kallades han »biskop Jönsson« i folkmun. En sak var klar. Jönsson var *inte* intresserad av fotboll. Inte det allra minsta. Han kom snart i livligt samspråk med Ledde. Det blev rent av till en dispyt. Leddes argument hjälpte inte. Jönsson avfärdade dem som om han vore den värsta jurist.

»Fotboll är då rakt ingen religion. Lappen ska tas ner på momangen. Den får inte sitta kvar. Vad ska då folk som besöker Guds hus tro?«

»Jamen Jönsson, tänk efter. Detta är en god sak. Framtida generationer kommer att tacka oss alla. Det gäller att tro...tro på fotbollen, alltså!« Ingenting hjälpte. Till slut tvingades Ledde ge upp. Innan han gjorde det, erbjöd han gentilt domkyrkovaktmästaren i ett sista försök en favör.

»Herr Jönsson kan få vara med och träna. Vi tränar onsdagskvällar kl. 18.00 uppe på Smörlyckan. Dessutom kan han få bli biträdande materialförvaltare.«

Domkyrkovaktmästare Jönsson blev högröd i ansiktet av ilska. Sedan fnös han föraktfullt. Med högra handen visade han med en tydlig handrörelse att Ledde skulle ge sig iväg. Då så. Nu var det Ledde som kände sig sårad. Han förklarade därefter frankt att i så fall hade han gjort sitt för kyrkan. Nu fick de klara sig själva. Så småningom nådde händelsen den riktige biskopen.

Han hette Edvard Magnus Rodhe och var född i Lund. Till skillnad från domkyrkovaktmästaren Oscar Jönsson hade han humor. När han fått sig historien berättad, hade han slagit sig för knäna och kiknat av skratt. Vilken förkunnare den där unge mannen var. Honom måste han få träffa. Då folk på stan frågade vad man ville med den nya klubben, berättade Ledde att målet var allsvenskan. Det kunde kanske ta lite tid men man fick ha tålamod.

Några sådana stora ord hade ingen av de andra i den nybildade fotbollsföreningen uttalat men Ledde var övertygad. När han var övertygad om en sak, lät han sig inte hejdas. Det kändes nästan som han hade blivit religiös. Prennegatans IF var ett bra arbetsnamn i väntan på att man fick officiell status. Snart nog bytte föreningen namn till IF Stjärnan, trots att både Ledde och Söderberg protesterade. IF Stjärnan spikades som klubbnamn vid ett möte på »Södra Lekan«, Södra Lekplatsen. »Töntigt namn«, tyckte Ledde och fick visst medhåll. Till slut ändrades namnet till Lunds FF. LFF låg betydligt bättre i munnen.

1944

Det här året började röra på sig. Lunds FF låg nu i det nationella seriesystemet även om det betraktades som ett ultimalag. I staden fanns redan ett etablerat fotbollslag grundat 1908, Lunds GIF. Sommaren 1919 gjorde ett antal juniorer uppror mot tränaren. Han begrep sig verkligen inte på fotboll. Trots att de var duktiga fotbollsspelare, fick de aldrig chansen att spela. Hela juniorlaget, plus några spelare från IFK Lund, stod plötsligt utan klubbtillhörighet. Så bildades Lunds BK. De kallades «di gule» eller »Krubban«. Lunds SK, «di blåe», hade bildats 1930. De höll till på Norra idrottsplatsen, Smörlyckan. Det var med denna klubb som LFF konkurrerade såväl om spelplan, klubbhus som publik. LFF blev «di gröne» och ingen fotbollsintresserad förstod varför de stack upp. Grön tröja hade valts och vita byxor fulländade matchdräkten. Grönt var dessutom hoppets färg. Innan man lyckats få tag i gröna tröjor, spelade man de första matcherna i *röda* tröjor vilket retade gallfeber på Lunds GIF som spelade i röda tröjor och blå byxor. Lunds FF:s inledande matcher spelades på cykelavstånd. I Bjärred, Dalby, Harlösa, Stora Harrie, Södra

Sandby och i flera andra närliggande byar gick matcherna av stapeln. Snabbt var den nybildade klubben inne i seriesystemet tack vare en entusiastisk ordförande och en ung skrivkunnig sekreterare. Till yrket var den unge mannen en flyhänt reporter.

»På söndag åker vi till Ven för att spela match«, sa lagledare W. Ledde hov genast upp sin röst.

»Ut på böljan den blå? Naj, fan. De gongar för myed.«

Ledde var *mycket* tveksam. Först bussresa från Lund till Landskrona och sedan båt till Ven. Även om det var en kort båtfärd mellan fastlandet och Ven, var han rädd för att bli sjösjuk. Nog kom han ihåg en kraftigt gungande överfart med färjan Malmöhus från Malmö till Köpenhamn. Fast så värst mycket mer mindes han inte av sjöresan mer än att Elefantölen var stark precis som den skulle vara. Hur det nu var övertalades han att följa med till Ven. Öresund låg kav lugnt. Inte en krusning på havsytan. Glad i hågen gick Ledde och lagkamraterna i land. Klädde om i en sjöbod och tog sig upp för branten från hamnen medelst en hästskjuts. Matchen kom igång. Planen låg mellan Kyrkbacken och fiskebyn Bäckviken på södra Ven. Inte så långt ifrån Backafall. Den lilla ön hade av naturliga skäl hav på alla sidor och ändå hamnade aldrig bollen i vattnet. Ledde var bäst på plan och gjorde tre mål varvid LFF vann med 1-5.

***

Södra Lekplatsen vid Ringvägen var hemmaplan under de första åren. Problemet var att det saknades ett ordentligt omklädningsrum i anslutning till planen. Staden vägrade att skjuta till pengar. Vad som fanns var bara en öppen, nedsliten paviljong. Spelarna klädde därför om i Mejeriets lokaler. Sedan tågade man klädda i fotbollsmundering ner till «Södra Lekan». Det gästande laget fick klä om i paviljongen, vilket inte var särskilt populärt. Vissa gnällde, medan andra fogade sig för den goda sakens skull. Fotboll var en utomhussport och lite regn och blåst fick man väl tåla. Förutom att det inte fanns något tak till paviljongen, fanns det heller ingen dusch. Det föranledde ytterligare gnäll från bortalaget.

»Vafan é ditta?«, sa gästernas stadiga center. »Jag trodde vi var i en civiliserad stad.«

»Det finns spannar med vann att skölja av sig med efter match-
ens slut«, upplyste hemmalagets kapten om.

Som goda värdar hade några LFF:are konkat dit hinkar med
ljummet vatten i god tid innan kick off.

»Sickna bortskämda typer«, sa Ledde. »Vi spelar aldri´ mer
mot dom! Dom kan bada på Ribban när di kommer till Malmö.«

Ordförande W upplyste Ledde om att träningsmatchprogram-
met avgjorde inte Ledde. Det gjorde matchledaren och ordfö-
rande i samråd. En kort tid efter den nyss nämnda matchen som
spelats mot BK Flagg från Kirseberg i Malmö, uppvaktade ord-
förande W med frenesi Lunds stads idrottsstyrelse. Det gav så
småningom resultat. LFF fick nu Smörlyckan som hemmaplan.
I stadsplanen hette den förstås officiellt Norra idrottsplatsen.
«Lekans» plan var dessutom för liten för seriespel. Förflytt-
ningen från söder till norr var därför nödvändig. Ordförande W
förnekade att det var fråga om en tvångsförflyttning. Ledde som
var lite bekväm, tyckte att det var ett djävla sätt. Han glodde på
ordförande och sa:

»Va fan. Vaffor har ingen frågat maj?« Ordförande W som be-
stämde det mesta, blängde ilsket på Ledde. Sedan sa han sävligt:

»Vi har fått en *riktig* hemmaplan och det ska vi vara *väldigt*
tacksamma för. Dessutom är du inte självskriven i laget, Ledde.«

På Smörlyckan spelade redan etablerade Lunds SK. Det var nu
problemen började på allvar. De två klubbarna kom genast i fejd
med varandra. Hur det nu var drog LFF genom sin taktiske ordfö-
rande, uppbackad av sin begåvade sekreterare, det längsta strået.
Det skulle nog ordna sig. Påföljande onsdag var det träning. Då
dök Ledde upp på Smörlyckans idrottsplats men däremot inte »bi-
skop« Oscar Jönsson. Gräsmattan såg inbjudande grön och grann
ut. Nyklippt dessutom. Fotbollen lockade. Nu skulle det liras!

***

Klubbens sekreterare Pelle, var den ende med utbildning. Han
var rent av »lärd« i spelarnas ögon. Han hade tagit studenten
och sedan hade han blivit reporter. Det bästa med honom var,
att han inte var det minsta märkvärdig. Han kunde ta en sup
och vara som en riktig karl. Han såg heller inte ner på Nöden och

på dem som bodde där. Han kände dessutom flera som spelade
fotboll i LBK. Han hade till och med skrivit kortare notiser om
flera spelare.

Nils-Åke «Kajan» Sandell var en av dem. Han var ursprung-
ligen Smörlyckepåg så varför spelade inte »Kajan» för Lunds
SK eller allra helst i Lunds FF? Det kunde man verkligen undra.
Svaret var enkelt. Lunds BK var, hur man än såg på saken, stans
bästa lag. Dessutom låg de betydligt högre upp i seriesystemet.
»Kajan« blev sedermera allsvensk i Malmö FF, landslagsspelare,
proffs i Italien och sedan tränare i MFF. Sekreteraren Pelle äg-
nade flera år av sig liv åt LFF trots att lagledaren, den allsmäktige
W, ständigt ställde honom inför nya överraskningar. Dennes sätt
att arbeta var inte alltid stilrent. W framhöll att »ändamålen
helgar medlen« eller hur han nu uttryckte. Ledde var lite osäker
på vad han menade men W visste. Då var det bara att göra som
han sade. Till och med Ledde ställde in sig i ledet.

»Utan ordföranden och sekreteraren hade det inte blitt nått, för
kassören var lindrigt sagt rent kass!« Det var vad flera av spelarna
påstod efter första säsongen. Det låg nog mycket sanning i det.

Kassören hade inte en aning om pengar och kunde knappt
räkna. Dessutom fuskade han. Den unga föreningen hade alltså
bara tre man som drog lasset i början. Persson som var material-
förvaltare fick trots allt räknas med. Egentligen fanns det bara
två personer som *visste* någorlunda hur man skötte en förening.
Det var ordförande W och sekreterare P. Spelarna hade ingen
aning om föreningsarbete. Allra minst Ledde, men han var för-
stås inte tillfrågad. Det egendomliga var att sekreteraren under
sin gymnasietid hade så dåliga betyg i modersmålet. Ämnet be-
stod av svenska språket och svensk skrivning. Pelle berättade
glatt för kamraterna i laget, att han hade stort C i svensk skriv-
ning. Hans uppsatser dög tydligen inte. De skummades av lära-
ren eftersom denne utgick från att Pelles krior var både hastigt
och slarvigt skrivna. Vilken utomordentligt nonchalant elev,
tyckte modersmålsläraren. Pelle var alltid klar med sin uppsats
efter en kvart. Detta fast eleverna hade fyra timmar på sig att fär-
digställa uppsatsen. Pelle tyckte det var slöseri med dyrbar tid.
Han ville hellre ägna resten av dagen åt viktigare saker. Viktiga
saker var den nybildade klubben.

»Såna pågar gillar jag«, sa Ledde när han fick höra om Pelles inställning till skolarbete. »Nu har vi dessutom en riktig matchledare«, inflikade Söderberg. »Allsvenskan nästa!« ropade Ledde entusiastiskt.

Pelle hade kontakter. Klubben blev vid ett tillfälle inbjuden till en bankett som Skånes fotbollsförbund hade anordnat i Malmö. Alla spelare i A-laget deltog. Två reserver fick också vara med. Kvällen till ära hade lundalagets representanter förväntansfullt satt på sig finkostym, vit skjorta samt slips. Slips var obligatorisk. De som inte ägde någon finkostym hade lånat. Ledde hade egen tillverkad slips i regnbågens alla färger. Den satt snart ganska snett och vint sedan han lossat på knuten och knäppt upp den besvärande skjortkragen i halslinningen. Under banketten hölls en massa tal. Det var mest höjdarna som var talträngda.

»Di älskar nog att höra sina egna röster«, viskade Ledde till sin bordsgranne. »Japp«, sa denne lite väl högt. Ordförande W kastade en sträng blick. När talen var avklarade andades ordförande W ut. Ingen i den grönvita klubben hade gjort bort sig i det fina, etablerade sällskapet. Ingen hade blivit märkbart berusad eller uppfört sig illa. Då reste plötsligt Ledde upp från sin stol. Klingade så kraftigt i glaset så att det höll på att spricka. Därefter sa han med ljudlig stämma: »Kan nån vara så djävla vänlig och skicka mig såsen.«

***

Många år senare när Ledde ringde mig, frågade jag honom: »Vet du om att Pelle, klubbsekreteraren, blivit Sveriges mest lästa deckarförfattare? Hans polisromaner – med underrubriken *Roman om ett brott* – räknas nu som klassiker inom genren polisromaner. Det blev tyst där uppe bland molnen. Sedan kom det:

»De´ var som fan. Jag visste att Pelle skrev men änte vad«, sa Ledde. »Trodde bara han var sportjournalist.« Jag skulle till att fortsätta men då vaknade jag ur drömmen. Naturligtvis hade Ledde inte ringt men det kändes så. Det jag hade sagt i drömmen var emellertid i allra högsta grad sant. Per Wahlöö, Pelle kallad under skoltiden i Lund, blev en framgångsrik deckarförfattare tillsammans med Maj Sjöwall under 1960- och 70-talen.

***

Jodå. Ledde hade rätt om sportjournalistiken. Pelle skrev alla matchreferat från »di grönes« matcher till skånetidningarna. Arbetet, Skånska Dagbladet, Sydsvenskan och Lunds Dagblad fick dem men med nödvändiga variationer så att referaten inte skulle bli identiska. En speciell match som spelats refererades aldrig. Trots det läckte den ändå olyckligtvis ut till tidningarna via polisen. Det var den värsta matchen i klubbens historia. Matchen gick av stapeln i Örtofta som var mer känd för sitt sockerbruk än för sitt fotbollslag. Fotbollsplanen där lagen skulle spela var närmast en illa klippt äng med svagt kritade linjer. En vresig bonde ägde ängen som han hyrde ut till Örtofta IS. I närheten av spelplanen låg en å. Det var antingen Örtoftaån eller Kävlingeån. Bortalaget visste inte så noga. Oavsett vad ån nu hette, hamnade bollen oturligt nog, gång på gång i den fördömda ån. Förmodligen berodde det inte bara på otur, utan också på oskicklighet. Snedsparkarna var många och flera spelare tjongade bara iväg bollen. »Spela utmed marken«, skrek Ledde förtvivlat. Han insåg snabbt att spelet påverkades av den kraftiga vinden. När ingen lyssnade, agerade han på egen hand. Han berövade en motståndare bollen. Stannade upp och fintade bort honom en gång. Två gånger. Sedan avancerade han snabbt in på motståndarlagets planhalva. Dribblade sig elegant genom hela försvaret tills han stöp som en oxe innanför straffområdet. En Örtoftaspelare med mord i blicken hade brutalt fällt honom bakifrån. »Straff!« skrek Ledde. »Straff!« skrek hans grönvita lagkamrater. Domaren blåste inte. LFF:arna trodde inte det var sant. Publiken jublade. Lundalaget skulle inte ha någon straff. Det var staden mot landsbygden. Matchen blev allt våldsammare. Ett veritabelt slagsmål som inte kunde hejdas, utbröt på planen mellan hemmalaget och bortalaget. Domaren stod bara och stirrade dumt. Han var svag. Lika svag som hans signaler som knappt hördes under hela matchen. Dessutom tappade han visselpipan titt som tätt. LFF ledde med 5-2 då matchen äntligen återupptogs.

Då hände det. Plötsligt kom bonden som tillika var markägaren, rusande in på planen som en ilsken tjur. Han vrålade att planhyran inte var betald. Dessutom förstod han att hemmalaget höll på att förlora. Nu var måttet rågat! Det blev åter full kalabalik på planen. Spelarna pucklade på varandra. Några i publiken rusade in för att slå ner lundalagets centerhalv. Missade och träffade domaren rakt på hakan. Det blev så våldsamt att polisen tillkallades. Den utryckande Eslövspolisen fick då se en man i grönvit matchdress som lugnt gick utanför planen och plockade blommor. Det var Ledde. Han hade blivit så skrämd av den galne markägaren att han föredrog att ägna sig åt en fridsammare sysselsättning. I alla fall tills det lugnade ner sig lite. Det gjorde det långt om länge sedan domaren kvicknat till liv. En spann med kallt vatten väckte upp honom från hans ofrivilliga sömn. Örtoftapubliken var inte särskilt stor men desto mer högljudd och våldsam.

Slaget vid Örtofta kom aldrig in i historieböckerna. Det berodde nog på att det inte var ett historiskt slag, utan en fotbollsmatch som urartade. Det som började så bra, slutade i kaos.

Varför gick det så snett? Det fanns flera orsaker. En orsak var den dåliga planen och så markägarens tjurrusning förstås. En annan orsak var den usla domaren. En tredje orsak var den intilliggande ån. Den drog till sig bollen som vore den en magnet. Ån är kanske inte den mest kända i Skåne. Efter matchens slut berättade sekreterare Pelle till spelarnas oförställda häpnad sakkunnigt om åar och vattendrag. Förmodligen var det för att avleda deras tankar från den katastrofala matchen. Visserligen vanns matchen men till vilket pris? Det var onekligen en Pyrrhusseger. Flera spelare var ordentligt skadade. Det stod mest om matchen i Skånska Dagbladet. Dock inte på sportsidan utan under rubriken Incident i Örtofta. Pelle kommenterade lugnt och fint när spelarna var omklädda. Han hade talets gåva. Det tyckte både Ledde och Söderberg samt många med dem. Pelle la ut texten. Spelarnas självförtroende måste stärkas inför kommande matcher.

»Vi har ju spelat i Kävlinge förut. Det gick bra trots att där osså finns en å. Kävlingeån är för övrigt ett av Skånes största vattendragssystem, men det visste ni väl? (Nej, det visste ingen i laget). Den har sina källor på Linderödsåsen där Tolångaån och Björkaån avvattnar ett blandat kulturlandskap. Från Vombsjön och ner mot Gårdstånga har ån ett relativt lugnt flöde eftersom den på denna sträcka har varit utsatt för rätning och dikning.«

»Lägg av Pelle«, skrek Ledde som fortfarande var omtöcknad av den våldsamma matchen. »Nu orkar vi inte höra mer.« Pelle fortsatte lugnt. »Med naturligt meandrande rinner ån på sträckan från Gårdstånga och ner mot Örtofta. Från Örtofta och ner mot Kävlinge finns en rad med gamla vattenmöllor, vilka utgörs av trösklar och dämmen som kan vara hinder för fiskens vandring i ån. Den nedre delen av ån, före dess utlopp i Lommabukten, byter Kävlingeån namn till Lödde å.« Pelle gjorde en konstpaus. Sedan avslutade han sin dragning med att säga: »För övrigt går nästa match mot Lödde IF. Så nu är vi beredda på vad åar kan ställa till med.«

Ledde älskade sedan barnsben fotboll. Fotbollen var en arbetarsport och i början inte särskilt organiserad. Det skulle ändra sig. Fotboll blev en nationalsport. Vem kunde drömma om att den sorglöse Ledde ville vara med och bilda en fotbollsförening? När det med tiden blev alltför kravfyllt svalnade Leddes intresse betydligt. Det var inte alltid slutresultatet som var det viktigaste. Glädjen var att kunna dribbla bort motståndarna. Finta, dribbla och slå snygga inlägg var kul liksom att göra ett och annat mål. Ledde var en briljant dribbler med en oerhört god bollteknik. De mål han gjorde, var oftast resultatet av skruvade skott med högerns yttersida. Ytterst sällan var det särskilt hårda skott. Det fick bjässarna i laget stå för. LFF hade två bra distansskyttar som dock var påfallande långsamma. Trots träning fick de aldrig riktig upp farten. Träning tyckte Ledde för sin del var lite överskattat. Om det handlade om att trixa med bollen var han intresserad. Då kunde han hålla på hur länge som helst. Löprundorna däremot gillade han inte. De var vidriga och därför hushållade han med konditionen. När den började tryta hittade han utvägar. En löprunda räckte för hans del. Sedan försvann han in på Norra kyrkogården. Där var det lugnt och stilla. Det räckte gott med att spela match, filosoferade han, där han satt i godan ro på en gräsplätt mellan några gravar. Träning var bara slöseri med både tid och ork. Särskilt när det gällde en sällsynt naturbegåvning som han. Fotboll var en konst. Om detta var han helt övertygad. Så somnade han på kyrkogården dit han sökt sig för att vila en stund. När han vaknade en dryg halvtimme senare, begav han sig tillbaka till idrottsplatsen. Han dök upp på planen lagom till att kvällens hårdkörning var över.

»Ledde! *Ledde!* Var i helsicke har du hållit hus?« undrade tränaren.

»Fick ett viktigt telefonsamtal«, sa Ledde. Tränaren glodde oförstående på honom.

»Var finns *den* telefonen om jag får fråga? Här i klubbhuset finns i alla fall ingen telefon som du så förbannat väl vet.« Ledde teg. Sen sa han med allvarlig min:

»Hos kyrkvaktmästaren på Norra har di telefon.« Tränaren skakade på huvudet. Sedan ryckte han plötsligt till:

»Va fan har du i handen, Ledde? En bajonett?« Rymlingen tittade ner på sin högra näve.

»Den här?« sa Ledde och viftade belåtet med en något rostig häcksax. »Den hittade jag på kyrkogården.« Han läste lite mödosamt på ett av häcksaxens blad: *Made in West Germany*. Dessutom stod det på franska Allemagne Ouest. Där gick gränsen för hans språkförmåga. Det här var ju värre än hebreiska!

»Läs själva, ni som kan utländska!« sa Ledde och lämnade över häcksaxen med en lätt bugning. Några av spelarna glodde intresserat på den tyska häcksaxen. »Den där kan vi ha nytta av«, sa centerhalven.

»Men den behöver slipas. Jag tar med den till joubbet«

***

Så kom den stora överraskningen. Landskrona BoIS hörde av sig. Det var ett sedan länge etablerat lag som varit skånska mästare. Nu visade de intresse för Ledde. Landskrona BoIS som kallades för »Skånes uruguayare« eller »de svartvitrandiga«, ville ha den unge, skönlockige lundensaren. Ynglingen med det snabba steget och den fina tekniken. Han kunde spela både högerytter och högerinner och i värsta fall även ytterhalv. Med lätthet tog han sig in i straffområdet. Hans passningar till medspelarna var precisa. Ledde hade en fantastisk förmåga att se var luckorna i motståndarlagets försvar fanns. Med rätt vägledning och träning kunde han bli något alldeles extra. Ibland lurade han med sig två av motståndarnas försvarare ända ner till hörnflaggan. Där vände han bort dem och slog sedan ett perfekt inlägg som någon medspelare kunde förpassa in i målet. Så rapporterade de utsända spionerna från BoIS som hade sett Ledde spela match på Smörlyckans idrottsplats.

Det var där de grönvita i Lunds FF numera hade sin hemmaplan. Laget uppmärksammades av en liten men stadigt växande publik. Ofta var det bråk om utnyttjandet av planen med konkurrenten, Lunds SK. Båda ansåg sig ha monopol på planen. Till och med slagsmål förekom men då hade redan Ledde begett sig hem till Nöden på en lånad cykel. Enligt Leddes uppfattning låg egentligen Smörlyckan lite väl långt ifrån hans bostad i Nöden. Det senare kvarteret låg i södra delen av staden. Dessutom började uppförsbacken redan i höjd med domkyrkan. Den blev än brantare i höjd med Allhelgonakyrkan. Uppe på Getingevägen tyckte Ledde det var rentav svettigt. Trots detta tog han sig dit när det var hemmamatch och ibland också när det var träning.

Nu ville man alltså i Landskrona BoIS värva Ledde. Lagledaren i LFF var förvånad liksom lagkamraterna. En klubb med allsvenska meriter ville ha den träningsovillige Ledde i sina led. Den ende som inte var förvånad var Ledde. Värvningen gick dock inte direkt på räls vilket BoIS:arna hade förväntat sig. Orsaken var att Ledde var en aning motspänstig. Han var till och med väldigt tveksam. Speciellt beträffande jobbet som klubbledningen hade ordnat på Parajett. Till slut lovade han att komma eftersom det tjatades så förfärligt. I samma veva som han deltog i den första träningen på idrottsplatsen i Landskrona, ville BoIS-ledaren prata med honom efter träningen. »De gick ju jättebra det här«, inledde denne. Ledde nickade instämmande. Sedan kom chocken. BoIS-ledaren fortsatte:

»Men du får allt klippa daj, nu när du tillhör en gammal fin klubb med anor.« Ledde tittade frågande på ledaren. Menade han allvar?

»Ja, ja«, sa Ledde. »De blir nock bra med de´.« Ledaren insisterade emellertid och nästa träning var han på honom igen.

»Klipp daj, för djävulen«, sa BoIS-ledaren lite bryskt. Det var tydligt att det var ett krav. Skulle Ledde tvingas klippa av sitt långa, ljusa hår? Svaret blev nekande. Det hade han ingen som helst lust att göra.

»Aldrig i livet«, sa Ledde. Då kan det va' så med BoIS.« Ledde vek inte en tum. Med de orden återvände han till sin enkla boning i Lund.

Till saken hör att Landskrona BoIS på den tiden låg i allsvenskan. En sådan här chans skulle aldrig komma tillbaka. Det verkade inte bekymra Ledde särskilt mycket. Han spelade inte för publikens skull. Inte heller för berömmet utan bara för att det var roligt. Speciellt när han fintade upp en back på läktaren. Även om han hade gått med på att klippa sig, så är frågan om han i längden hade haft uthålligheten. Ledde hade omvittnad talang för fotboll men han var alltför egensinnig. Han släppte bollen ifrån sig när det passade honom, inte alltid när det behövdes. Kom han ensam med målvakten och lundalaget hade en betryggande ledning hände det att han lät bli att förpassa bollen i mål.

»Här har du den«, sa han och lyfte med högern upp bollen i den överraskade målvaktens famn.

»Vad tar du dig till Ledde!« skrek medspelarna. Ledde svarade lugnt:

»Vi leder redan med 6-1 så det räcker.« Vid ett annat tillfälle gjorde han självmål. När lagkamraterna skällde på honom, svarade han lugnt. »Va fan, tänk om det var *vi* som låg under med 7-0. Ett tröstmål kunde di gott få.«

Om allt detta visste inte värvarna från Landskrona ett enda skvatt. De hade bara tagit fasta på hans bländande teknik. Hans kvicka vändningar på små ytor. Hans vindsnabba rusher på högerkanten. Inte heller kände de till att Ledde, utan särskilt dåligt samvete, emellanåt kunde utebli. Ibland kom han till matcherna, ibland inte. Han hade alltid någon fantasirik förklaring till sitt uteblivande. Den så lovande fotbollskarriären tynade bort. Ledde tog den med en klackspark. Inte passade han heller in eftersom han hade svårt att hålla tider. Han kunde nog om han ville. Men det var inte alltid han *ville*.

9 Mystiske Madsen

Det fanns åtskilliga i den lilla staden som såg Ledde som en skön motvikt till alla skötsamma arbetare, borgare och akademiska lärare. Snart nog var han känd som stadens bohem och ende gatumålare av rang. Snabb i käften var han också. Visst var autodidakten från Nöden tidigt begiven på alkoholhaltiga drycker men det var han inte ensam om i lärdomsstaden. Hans förhållande till alkohol var allmänt känt och det stack han aldrig under stol med. Vad man tyckte om hans tavlor var viktigare för honom. Under lång tid ryckte stadens medborgare på axlarna åt hans alster. Ledde hade placerat några av sina tavlor utanför Krognoshuset vid Mårtenstorget. Några lördagsflanerare stannade till och granskade dem. Flera av betraktarna tog på sig kännarminen varvid en av dem sa:

»Det där är bara hötorgskonst. Billig skit. Inte värt att ha på väggen därhemma.«

Den som yttrade sig var en av stadens bankdirektörer. Med sin eleganta kamelhårsulster stack han av i åskådarskaran framför Krognoshuset. Han fick mothugg av Täppan, konditorn, som också råkade stå i klungan av betraktare. Täppan tänkte inte tiga fast han mycket väl visste vem bankdirektören var. Som vän till Ledde måste han upp till försvar. Han tog sats och sade sedan med fast och tydligt röst:

»Jag tycker att Leddes tavlor är riktigt bra!« Han såg sig omkring för att se om hans kommentar hade gett någon reaktion.

»Håller med. Han målar så man ser vad det föreställer«, fyllde en äldre gentleman med hög ansiktsfärg i. Det hummades och nickades.

En ung kvinna förklarade att om hon bara haft råd, så skulle hon gärna ha köpt allihop. Ledde sken upp. De som köpte Leddes tavlor var i allmänhet nöjda. Ledde konstrade inte till det. Man kunde se vad tavlorna föreställde.

Intresset för Leddes konst ökade sakta men säkert men många höll trots det hårt i plånboken. Först i slutet av 80-talet fick han ett formellt erkännande. När Konsthallen arrangerade en ut-

ställning med Lundakonstnärer, fanns några Ledde-tavlor med
i urvalet. När han fick reda på det trodde han att det var ett
misstag. Det kunde inte vara möjligt. Men det var dagens san-
ning. Men han tyckte inte att hans tavlor dög. De var inte bra
nog. Självföraktet lyste igenom in i det sista. Karl-Erik »Ledde«
Lundberg representerad på Lunds konsthall. Han skakade på
huvudet. Det var nog bara en dröm. Ledde gick aldrig dit. Han
vågade inte. Han blev för nervös. När han till slut förstod att han
faktiskt *var* representerad tackade han nej till att närvara med
motiveringen att han var sjuk. Trots övertalningsförsök infann
sig Ledde aldrig i stadens fina Konsthall.

***

Ledde hade fått en idé. När inspirationen genomsyrade honom
kunde inget i världen slita honom från staffliet. Då satt han
timme efter timme och studerade noggrant det motiv som han
tänkte måla av. Sedan skred han långsamt till verket. Den här
gången skulle han inte måla av någon gata. En större utmaning
fick det allt bli.

Majnatten var blånande blå och magnoliorna hade slagit ut
vid universitetets trappa. Lite längre ned i Lundagård satt Ledde
på en pall med sina kära målarpinaler. Han studerade ingående
den duk som han hade arbetat med hela dagen. Motivet var som
sagt domkyrkan. Just när han tänkte bege sig hem, inträffade
något oväntat. En berusad ung man stannade till. Han stoppade
så tvärt att han höll på att alldeles förlora den redan något dåliga
balansen:

»Du där, gamle man. *Duuu!* Du där, malaren! Den där taaavlan
är riktigt bra. *Den er smuk!* »

Ledde glodde misstroget på mannen som han förmodade var
ett vanligt studentfyllo och fräste:

»Det vet jag väl för hondan! Fast riktigt bra blir den änte förrän
efter trettio försök till. Vad vet *du* om konst förresten?«

Den okände mannen försökte hålla sig upprätt men benen blev
plötsligt som gelé. Han drösade därför strax till marken varvid
han bildade en egen liten hög. När han med viss möda kravlat sig
upp i skräddarställning, halade han med ett fånigt fylleflin fram

en brännvinsflaska. Den hade hållit vid fallet. Ålborgs Akvavit stod det på buteljens etikett. Den främmande mannen bjöd på en sup utan att säga ett ord. Det verkade som om han försökte samla sig till en ytterligare replik. Tungan löd honom emellertid inte omedelbart. Hjärnan tog tid på sig.

Ledde hade inte i hela sitt liv tackat nej till en sup. Inte heller nu var han nödbedd. Han tog en rejäl klunk. Och så en liten till. Sedan den kraftig berusade mannen också försett sig ur flaskan, fick han åter fart på munlädret. Han bemödade sig om att artikulera ordentligt men det gick så där lagom bra. Till slut fick han fram vad han skulle säga.

»Jag läser kunst... konstig hist...konsthistoria, å därför vet jag en hel del om konst. Kan du se det?« sluddrade studenten.

»Jaha«, sa Ledde och nickade. Sedan pekade han på flaskan. Fick den åter i handen och tog en ordentlig klunk. Så satt de där på gräsmattan i domkyrkans närhet. Pratade osammanhängande om konsten och livet tills de båda somnade. Den unge studenten slocknade mitt i en mening. Ledde somnade också, men först sedan han sett till att flaskan var ordentligt tömd. När de båda vaknade upp, befann de sig i varsin fyllecell. Dessa var belägna i Rådhusets källare. Rådhuset i sin tur låg på Stortorget.

***

Påföljande morgon skiljdes de åt utanför Magistraten sedan konstapel Brogren bett dem vänligt men bestämt fara åt helvete.

»Men min pall! Och mina målargrejor! Var e dom?« undrade Ledde. Brogren svarade barskt:

»Dom har jag i all min kristliga vänlighet släpat hit. Ligger i ett förråd med lås. Lundberg kan hämta dom imorgon. Nykter!«

Ledde lät sig nöja med beskedet och kände sig genast lugnare trots bakruset. De lössläppta fylleristerna nickade kort till varandra och skiljdes åt. Studenten gick rakt fram i riktning mot Lilla Fiskargatan medan Ledde tog omvägen hem via Stora Fiskargatan som för övrigt var betydligt mindre än Lilla Fiskargatan. Det var skönt med lite luft efter natten i den unkna fyllecellen.

Två år senare sågs de igen. Då hade studenten som visade sig heta Jesper Madsen, fått tag på ett dragit inackorderingsrum på Prennegatan nere i Nöden. Det råkade vara samma gata som Ledde bodde på. Fortsättningsvis sågs de allt oftare. Ledde måste erkänna för sig själv, att Madsen var den förste student som han spontant gillade. Visserligen bröt den nye bekantskapen kraftigt på danska, men det störde honom inte. Varför han gillade Jesper, reflekterade han inte särskilt mycket över. Antingen gillade man någon eller inte. Det kändes som om han hade känt Madsen i hela sitt liv. Han liknade någon, men vem? Det var något med honom som han inte riktigt kunde sätta fingret på. Han såg förstås lite sorgsen ut. Kunde det vara det?

Jesper var lite konfunderad över att de båda möttes på nytt. Och just här. Nöden var han dåligt bekant med. Han hade ingen aning om att Ledde bodde där han bodde. Ännu mindre vad han hette. Jesper påbörjade en lång filosofisk utläggning om vägar som korsades på livets vandringsstråt men avbröts av Ledde.

»Jag tror de é ödet«, sa Ledde och dödade fimpen mot den sotiga husväggen. »De é konsten«, sa Jesper med bestämd min. Jesper Madsen berättade kort vad som hänt sedan de senast hade träffats. Han var vid det här laget klar med två betyg i konsthistoria. Därefter hade det inte blivit så mycket till studier. Det var roligare att supa. Han tänkte ta en paus i studierna. Sedan planerade han eventuellt att börja läsa folklivsforskning. Passade inte det väldigt bra nu när han hade flyttat till Nöden? Ledde såg ut att fundera.

»Bättre att du blir gatumålare«, sa Ledde och flinade.

»Va fan, é folklivsforskning förresten? É de inte precis vad jag har sysslat med i hela mitt liv?«

Jesper avhöll sig från att svara. Han kände ännu inte Ledde särskilt väl. Istället övergick de snart till att livligt diskutera fyllecellernas kvalitet. De kom fram till att dessa var både obekväma och illaluktande. När stadens nya polishus stod färdigt 1964, avlade Ledde ett studiebesök. Polishuset ståtade i hörnet av Fjelievägen och Byggmästargatan. Han erbjöd Jesper att följa med men denne påstod att han inte var riktigt i form. Dessutom var det för långt att gå.

»Du kan åga därbag på min hoj«, erbjöd Ledde gentilt sin nye
vän. Madsen skakade på sitt trötta huvud och log svagt.

»En annan dag«, sa Madsen och såg ännu tröttare ut.

»Skyll dig själv«, sa Ledde och begav sig iväg per cykel.

När han kom fram till det nya polishuset som var byggt i stiligt
mörkrött tegel, hoppade han av cykeln. Den var av märket Her-
mes. Det slog honom att han borde cykla lite oftare. Man fick både
frisk luft och kondition. Han tittade nyfiket på den färdigställda
byggnaden. Det här var alltså stans nya, dyra polishus. »Fy fan så
fult«, sa han spontant. Han gick uppför trappan och in i det väl
tilltagna polishuset. Här fanns massor av rum. Polismästaren
Åkerman hade nog det största och sen var det väl stadsfiskalen
och åklagaren Redstam som hade det näst största. Men var satt
den där långe kommissarien Settergren? Var han kanske redan
pensionerad? Väl inne i huset styrde Ledde lite tveksamt stegen
mot en slags inglasning där en gestalt skymtade.

I receptionen satt en till synes halvsovande man. Ledde kände
genast igen honom. Det var polismannen Albin Brogren som ti-
digare hade varit patrullerande konstapel nere vid Södertull.
Ledde förklarade för den förvånade konstapeln att han var där
på studiebesök. Brogren gnuggade sig i ögonen. Stramade upp
sig och sa myndigt:

»Studiebesök? Såna tar vi änte emot utan att de är föranmälda
skriftligen.« Ledde låtsades inte höra. Brogren var sig lik. For-
mell. Lika fånig som alltid. Ett spån och inte det minsta flexibel.
Han borde vara glad över att Ledde hade släpat sig dit, nykter och
fin. Det verkade dessutom som om Brogren hade blivit degrade-
rad. Sitta i en polisreception var väl inget för en stor och stark
polis av den gamla stammen.

»Men du känner jö maj« sa Ledde. Brogren glodde på honom
och undslapp sig:

»Jaa. Alltför väl. Alltför väl.«

Det nya polishuset var alldeles för fint för att han, Ledde *him-
self*, skulle ta det i anspråk framigenom. Det framhöll han för
polismannen som nu var nästan vaken. Ledde förklarade att han
inte kunde lova att han skulle återkomma till polishuset. Fram-
för allt kunde han inte lova att han skulle hålla sig nykter för

jämnan. Det nya huset var så pass avskräckande i sin modernitet att han fasade för att finkas där. Nu hade han deklarerat sin syn på saken. Lika bra att också närmare kommentera stadens nya stolthet.

»Brutalarkitektur«, sa Ledde bestämt. »Ser ut som en skokartong.«

»Va fan é det ni säjer, karl«, sa Brogren förnärmat. Precis som om han ägde det nya polishuset. Brogren kliade sig omständligt i håret och sa:

»Det är ritat av stans främste arkitekt. Westman heter han visst. De e´ han som osså har ritat Domsagan mitt emot. Fast den har varit klar sedan slutet på 50-talet förstås.« Ledde ryckte på axlarna. Vad hade han med det att göra? Han lämnade Brogren åt sitt öde och gick ut på Byggmästargatan. Sneglade bort mot Domsagans vita byggnad som faktiskt var riktigt vacker. I det fallet hade för en gång skull Brogren rätt. Sedan cyklade han visslande tillbaka till Nöden med den lånade cykel som han numera betraktade som sin. Hermes var en bra cykel. Hermes var en bevingad gud. Hermes ledde också människans själ till underjorden efter döden. Om han behöll Hermescykeln, behövde han aldrig oroa sig för döden. Med sina bevingade skor var Hermes också idrottsmännens och särskilt löparnas gud. Det passade en vindsnabb fotbollsspelare bra. Det fanns all anledning att behålla cykeln.

***

Var det inte något mystisk med dansken. Varför hade han hamnat i Lund? Folket i Nöden undrade. Det gjorde att inte heller Ledde kunde sluta att fundera på Madsen. Till slut frågade han Valenta som var en analytisk man:

»Vad tror du Valenta?«

Keine Ahnung, svarade denne på sitt modersmål. Målarkompisen trodde inget speciellt. Han hade ju själv hamnat i Lund av en tillfällighet enligt vad han själv påstod. »Det får väl tiden utvisa«, sa han sedan lite dröjande. Förr eller senare tänkte Ledde ta reda på lite mer om Madsens tidigare liv. Det var något som den unge studenten inte ville berätta. Men vad? Mystiske

Madsen kallade han honom ibland så där lite lagom provocerande. Jesper bara log. Eftersom Ledde numera umgicks dagligen med Mystiske Madsen, måste han få veta. Valenta var inte lika frågvis. *Lass es sein.* »Låt det vara«, sa österrikaren.

Jesper var fortfarande förtegen om tiden innan han kom till Lund. Men efter några supar plockade Ledde vid ett lämpligt tillfälle ur honom både det ena och det andra. En kväll när de som vanligt satt på innergården och pokulerade, sa Ledde plötsligt:

»Är du verkligen dansk, Madsen?« Ledde envisades med att kalla honom enbart vid efternamnet. Jesper svarade långsamt:

»Jag är född på Bornholm eller rättare sagt på Christiansø.« Ledde tittade fundersamt på sin nye vän och sa:

»Den ön har jag aldrig hört talas om. Däremot Bornholm. Finns den i verkligheten?« Jesper replikerade.

»*Selvfølgelig.* Men det är en väldigt speciell liten plats på jorden. Så pass speciell att en svensk målare höll till där ett tag. Året efter jag föddes, fick vi till och med en egen läkare på ön. Det var mycket ovanligt men också mycket välkommet. Han bodde där fortfarande då jag gav mig av. Jag minns honom mycket väl. Tage Voss hette han. En fin och klok man. Mycket skicklig och omtyckt läkare. Hela öbefolkningen älskade honom. Han skötte om mig då jag blev sjuk i mässlingen. Dessutom trivdes han på vår karga ö.« Ledde såg förväntansfull ut.

»Va fan säjer du? Berätta mer! Berätta allt«, sa Ledde vetgirigt.

Så fick autodidakten från Nöden bit för bit höra ett stycke intressant historia förutom allt gott som sades om den där doktorn Voss. Ledde lyssnade uppmärksamt på sin unge vän alltmedan han tömde en pilsner med låg alkoholhalt, en så kallad lushongabier. Sedan plockade han för säkerhets skull fram en hela Renat och några läskedrycker vilka han placerade på golvet. Berättelser krävde dessa drycker enligt Leddes erfarenhet. Mystiske Madsen berättade bra. Fängslande på något sätt, så att till och med den rastlöse Ledde hörde på. Madsen sneglade förstulet på brännvinsflaskan. Nu var han beredd att dra igång narrationen.

»Kring sekelskiftet blommade Christiansø upp som en konstnärskoloni i Skagenskolans efterföljd. Ett av de stora namnen var svensken Karl Isakson. Faktum är att han blivit mer berömd i dansk konsthistoria än i svensk.« Jesper tog ett djupt andetag och fortsatte sedan.

»Karl Isakson var född 1878 och dog i Köpenhamn 1922. Han blev således endast fyrtiofyra år gammal. Isaksson växte upp under fattiga förhållanden i Stockholm där han och systern Ester uppfostrades av sin strängt religiösa mor. Fadern som i sin livstid var kassaskåpstillverkare dog innan sonen hunnit fylla ett år. Karl Isakson utbildade sig till konstnär och följde Tekniska skolans kvällskurser i teckning. Några år senare var han hantlangare till den store Carl Larsson som vid den tiden arbetade med väggmålningen för Nationalmuseums trapphall.«

»Carl Larsson vet jag vem det är«, avbröt Ledde förtjust.

»Glimrende«, sa Jesper och fortsatte oförtrutet sin berättelse.

»När Karl Isakson studerat vid Konstakademien i fyra år, gav han sig strax efter sekelskiftet ut på sin första studieresa. Ensam och utan språkkunskaper kan man fråga sig hur han vågade. Kosan ställdes till Florens där Giotto di Bondone påverkade honom starkt. I Florens fick han kontakt med den danske målaren Kristian Zahrtmann och blev i Cività d›Antino hans elev. Om Zahrtmann sades det att hans med åren excentriska lynne och hans smak för paradoxer, tog överhanden; hans motiv väckte undran och förargelse. Färgen blev karamellgrann i sin brokighet.«

»Djädrigt intressant. Särskilt det där med färgen alltså«, inflikade Ledde. »Fort!« uppmanade Jesper plötsligt Ledde.

»Fyll genast på mitt glas, annars tar jag resten av historien en annan gång. Sprittarmen skriker efter mer.«

Ledde lämnade lite tveksamt över brännvinsflaskan vars vätskenivå nu hade sjunkit oroväckande mycket. Jesper tog två rejäla klunkar direkt ur flaskan och fortsatte:

»Jo. I alla fall så fortsatte Isakson ytterligare ett par år att studera för Zahrtmann. Isakson fick också en egen ateljé i Köpenhamn. Han stortrivdes både i ateljén och i Kongens by. Därför förblev han staden trogen livet ut.

»Var han aldrig i Paris?« undrade Ledde.

»Jodå. Första gången som Isakson kom till Paris var 1905 om jag minns rätt. Sedan återsåg han staden flera gånger under de följande åren. Nu målade han framför allt stilleben med blommor och frukter samt modeller. Den perioden brukar kallas för »den grå». Då lade han på skikt efter skikt av färg tills han efter långvarigt arbete skapat ett oändligt nyanserat spel av brutna toner. Efter ytterligare besök i Paris, valde Karl Isakson att radikalt förändra sitt sätt att måla. Efter att ha sett Pellerins stora Césannesamling intresserade han sig även för Picassos kubism. Men hans produktion kom inte att öka nämnvärt. Varför kan man undra. Orsaken var helt enkelt att hans hälsa vacklade. En ögonsjukdom, depressioner och andra nervösa störningar påverkade honom starkt negativt.« Ledde började gråta. Det hände nästan aldrig. Han snorade och snyftade samt darrade med ena benet.

»Fan vad du vet«, sa han mellan snyftningarna. Om Jesper berättade känslosamt eller om Ledde började bli fyllesentimental är svårt att säga. Där, mitt i sin så gripande berättelse, tystnade Jesper plötsligt. Han fann inte orden. Tungan ville inte lyda hur han än försökte. Snart sov han djupt. Snarkningarna dånade ända in till Vita Negern. Hon som bjöd på frukt och förstod hans danska så bra.

***

Några kvällar senare propsade Ledde på att få höra slutet på historien om den märklige Isakson. Han verkade intressant. Jesper accepterade. Nu verkade han pigg igen. »Liksom du, Ledde, var Karl Isakson mycket självkritisk«, inledde Jesper. »Dålig självkänsla helt enkelt. Det fick honom ofta att tveka och även rata sina verk. Efter att ha visat upp några verk på fyra grupputställningar 1908-11, slutade han abrupt att framträda trots uppmaningar från dansk sida. Till slut upphörde han med att signera sina verk, då han såg dem som enbart skalövningar. De var bara ett slags förarbete inför det måleri som han hoppades skulle komma. Isakson blev trots sin skygghet god vän med flera av Danmarks främsta konstnärer och vid minnesutställningen beskrev den danske målaren Sophus Danneskjold-Samsöe honom *som en gave til sit hjemland*. Vid Liljevalchs visades 1922 etthundrafemtionio verk av Karl Isaksons målningar.«

»Fyra år senare föddes jag«, utbrast Ledde. Av någon anledning var han lite fixerad vid sitt födelseår. »På nått sätt känner jag igen mig«, fortsatte han. »Producerar mycket tavlor. Signerar inte alltid tavlorna. Den största skillnaden är att jag är oskolad och okänd. Men fattiga människor är inte dumma, vilket många tycks tro.« »Då hade de knappast överlevt«, replikerade Jesper. Jesper Madsen kunde onekligen sin konsthistoria. Det hade han visat med besked. Dessutom var han en trevlig dryckesbroder med en märklig livshistoria. Den senare var fortfarande lite oklar för Ledde. I slutet av sin levnad yrade Ledde något om att han borde ha följt Madsens råd och flyttat till Christiansø. Ingen förstod riktigt vad han menade. Ledde hade en gång sagt till sina vänner att han borde bli eremit. Isolera sig på en öde ö. Då hade det varit lättare att hålla sig nykter. Jesper hade berättat vad han visste om Christiansø. Det var en hel del. Hur han visste allt detta var inte så konstigt. Han var ju född där. Ännu hade han emellertid inte sagt allt som fanns att säga. Det berodde på att det saknades vissa fakta i hans familjehistoria. Därför måste han snart göra ett återbesök hemma på ön. Hälsa på sin mor och fråga ut henne om ett och annat. Det fick vänta till nästa sommar.

***

Åren rullade på och Ledde med dem. Nykterhetsnämnden hade emellanåt synpunkter på hans leverne. Var inte Ledde snart nog ett ärende för dem? Nog hade han synts onykter på stan vid flera tillfällen. Och några varningar hade han fått. Våldsam var han aldrig men däremot kunde han vara väldigt påstridig. Vissa regler var befängda och borde ändras enligt Ledde. Nykterhetsnämnder fanns emellertid på 1900-talets första hälft i alla städer, köpingar och även municipalsamhällen. I alla slags kommuner kort sagt. Hur det nu var med berusning i det offentliga rummet så gällde följande. Ett visst antal fyllerier på offentlig plats ledde ofelbart till varning samt anmälan till nykterhetsnämnden. Vid upprepade förseelser blev det i värsta fall intagning på alkoholistanstalt, en så kallad tork. Det fanns en lag om tvångsvård av alkoholmissbrukare i Sverige på den tiden. När Leddes goda vänner – för han hade många sådana – ivrigt hävdade att Ledde var en duktig konstnär och även dito fotbolls-spelare, blev de motarbetade av etablissemanget. Ledde var en lodis, en alkoholiserad gatumålare hävdade de som satt i stadens nykterhetsnämnd. Ledde fanns registrerad. Han hade fått en och annan varning. Han borde allt se upp.

Hur var det nu – för att hoppa tillbaka i handlingen – med Schopenhauers alla teser om sanningar om vi applicerar dem på Ledde? Först förlöjligades hans konst. Sedan motarbetade man honom genom att påtala hans asociala leverne. Inte söp han mer än vad åtskilliga studenter och akademiska lärare gjorde. Tänk bara på Jesper Madsen som emellanåt blev alldeles oregerlig. Söp så att han blev medvetslös. Och som sedan behövde flera dagar för att komma på benen igen. Ledde själv då. Hur såg han på sig själv? Han gjorde väl inte en fluga något förnär. Stoppade biltra-fiken ibland men vaddå? Rapp i käften var han onekligen också men tydde inte detta på intelligens? Visst kunde han tillstå att han gillade att snacka när han kom igång. Ibland sa han inte ett ord. Humöret skiftade som ett aprilväder. Hans upptåg var väl så roliga som stadens studenters. Visst hade det hänt att han hade supit så han tappade minnet. Precis som Madsen. Men det fanns det ingen anledning att dra fram. Nu gällde det Jesper. Ibland oroade sig Ledde lite för honom. »Det ordnar sig«, sa Valenta.

Inställningen till Leddes konst kom till slut att ändra sig. Plötsligt blev Leddes gatumotiv i olja populära, ja rent av respekterade. De hängde på väggarna i åtskilliga Lundahem. Framför allt uppskattades hans alster efter hans död. Då anordnades den första vernissagen i trakten av Löderup. Tänk, en riktig vernissage med bara Leddes tavlor. Då var han förstås inte närvarande. Säkert svävade dock hans ande över utställningen. Jag kunde se hur han log däruppe bland molnen. Lika känd som han var i Lund, lika okänd var han på Österlen. Ryktet spred sig. Fina tavlor målade av en välkänd gatumålare från Nöden i Lund fanns till beskådande. Alla som ville kunde skriva några rader i gästboken. Många som hade känt Ledde skrev i boken. Det var galleristens förtjänst att Ledde blev känd utanför Lund men även Glasmästarens. Visst hade jag önskat att Ledde hade ringt på själva dagen för vernissagen. Om inte annat för att förhöra sig om ifall den var välbesökt. Han hade sannolikt också velat veta vad man tyckte om tavlorna. Huruvida det hade sålts många tavlor hade han inte lika säkert frågat. Men tyvärr så ringer aldrig de döda. Inte ens Ledde. För honom var annars ingenting omöjligt. Det hade han med eftertryck bevisat under sin levnad.

Leddes arbetsmetod var högst egen. Oortodox skulle man kunna kalla den. Hans tendens att på sina tavlor flytta en aning på en byggnad eller utesluta någon detalj fick man ha överseende med. Ett hus mer eller mindre på en gata som han valt ut hade ingen betydelse enligt hans uppfattning. Alla som kände sin stad väl, borde kunna se vilken gata han målat. Visste man inte vad gatan hette och var den låg, var det väl skräp. Ledde flyttade obekymrad på stadens mäktiga katedral. Domkyrkan hade ändå byggts om och restaurerats flera gånger sedan den ursprungligen byggdes. Om han flyttade lite på den, så passade den bättre in på hans målning. Alltså gjorde han det. Det var väl inget att oja sig över. Ingen bestämde över hans måleri. Absolut ingen! Var han inte en fri människa kanske? Bodde det någon person som han tyckte särskilt illa om på den gata som han tänkte måla av, kunde han utesluta huset eller bara måla av halva. Om det försiktigt påtalades av någon, svarade Ledde:

»Den snåle djäveln! Han bjuder aldrig på så mycket som en sup eller en bit mat. Han får fan ta mig skylla sig själv!«

Lyktstolpar och skorstenar som missprydde, kunde han också utesluta ena gången medan han nästa gång försedde gatumotivet med varenda liten detalj så att det nästan liknade ett färgfotografi. Nu hade han nyligen sålt en tavla. Han sökte upp köparen. Bankade på dörren. Sedan fick han syn på ringklockan men den tycktes inte fungera. Ingen öppnade. Det retade honom att han hade gått hela vägen förgäves. Innan han gav upp bultade han på de närmaste ytterdörrarna. En äldre man öppnade till slut. Det var han som hade köpt tavlan. Ledde framförde sitt ärende. Påpekade försynt att han förargligt nog hade gjort en miss. Det var väl högst mänskligt, eller hur? Ingen människa var väl fullkomlig. Beställaren bligade på den tunnklädde gatumålaren, mannen med den egendomliga mössan.

»Vad gäller saken?« sa tavelköparen. Ledde som var både hungrig och törstig, lade omsorgsfullt ut texten:

»Jo, saken är den att jag glömde att måla dit lyktstolpen«, sa Ledde med bekymrad min alltmedan han med tummen och pekfingret snurrade sin mössa ett kvarts varv.

»Lyktstolpen? Vilken djävla lyktstolpe?« sa tavelköparen.

»Den där gamla fina, du vet. Den som står mellan ditt och Månssons hus.« Han fortsatte med att lägga ut texten:

»Det hela é snabbt avklarat mot en ersättning bestående av trettio svenska nödmynt«, förklarade han med allvarlig min. Oftast blev kunden så häpen att han betalade Ledde för den icke beställda kompletteringen. Det hände att kunden sa:

»Nä du, Ledde! Femton kronor får du, men inte ett öre till!«

Ledde tittade synnerligen misslynt på kunden. Sedan kom det bestämt:

»Tjugotre spänn ska jag allt ha. Färgen é änte precis gratis.« Vad gällde den marginella flyttningen av domkyrkan framhöll Ledde med emfas, att GAN hade gjort precis likadant.

»Vem é den där GAN?«, undrade försynt en student som flyttat in på Korsgatan. Ledde suckade djupt.

»Du som bor i samma hus och på samma gata som GAN gjorde, borde veta! Titta i en konstkatalog så får du se. Där finns GAN:s målning av domkyrkan. Där finns beviset på att jag har rätt.«

Ledde hade ingående granskat katalogen. Han hade sett hur GAN:s målning av domkyrkan såg ut. Han citerade vad denne hade skrivit i sin programskrift: »En tavla föreställer intet annat än sig själv.« Ledde framhöll att han faktiskt var läskunnig och att han dessutom hade jobbat på ett välrenommerat bokbinderi. Dessutom kunde man på GAN:s domkyrkomålning faktiskt se hur domkyrkan höll på att störta samman. Den lutade nämligen oerhört starkt. Såg man inte det var man blind. Av tavlan framgick att hela katedralen var på väg att falla ner och krossa människorna på gatuplanet. Det var ju rent livsfarligt! Så illa hade i alla fall inte han farit fram på sin canvas. Tvärtom hade han, fortfarande enligt sin högst personliga uppfattning, iakttagit synnerligen stor hänsyn då han målade av domen. Gösta Adrian Nilsson, mer känd under sin signatur GAN, hade växt upp i samma stad och samma kvarter i Nöden som Ledde. Närmare bestämt i hörnet av Korsgatan och Trädgårdsgatan. Det påpekade Ledde gärna efter ett par supar. Om någon var intresserad kunde han peka ut huset.

I mitten av 20-talet var dock GAN i Paris och det var i den vevan, eller strax efter, som Ledde såg dagens ljus. 1926 för att vara exakt. Mellankrigsbarn var de båda. Det fanns således en lite andlig samhörighet dem emellan tyckte Ledde. Det spekulerades i om inte Leddes envishet begränsade honom. Han vägrade ju att måla annat än gatumotiv även om han åstadkommit enstaka landskapsmotiv. Även om Leddes konst till slut började sälja riktigt bra, efter hans mått mätt, var den förstås inte i närheten av Nödens store sons verk. GAN:s tavlor kostade åtskilliga miljoner efter hans död. Långt efter Leddes död talades det i den lilla staden – som inte längre var så liten – om den originelle konstnären från Nöden. Borde han inte ha fått en lika fin gravsten som den GAN hade fått på Norra kyrkogården? Borde inte ett Leddesällskap bildas? Lika fort som dylikt tal uppstod, dog det ut. Eftersom livet inte är särskilt rättvist, blev det aldrig så. Ledde saknade nog inte en fin gravsten. Borta var emellertid allt förtal och förlöjligande som i början omgav Ledde och hans konst. Postumt var han accepterad. Väggkalendrar med Leddes gatumotiv trycktes upp. De hade strykande åtgång framför allt vid juletid. Folk jagade tavlor av Ledde för att pryda sina väggar med. De *kunde* bli mycket värdefulla med tiden. Sådant visste man aldrig. Inte ens i lärdomsstaden Lund.

Redan under Leddes livstid köpte en man som kallades Glasmästarn en hel del Leddetavlor. Det var när han även började syssla med inramning av tavlor som hans konstintresse väcktes på allvar. Glasmästarn hade näsa för affärer. Han slutade som fastighetsmagnat och idrottssponsor i staden. Han drev sina frågor och var totalt orädd. Kommunens tjänstemän jagade han med blåslampa för att få dem att agera. Han både älskade och hatade kommunledningen med samma varma själ. De ansvariga politiker som inte dansade efter hans pipa, anklagade han för att dricka bromsolja till frukost. Glasmästarn hade berättat för Ledde att han hade »glasat« alla viktiga byggnader i hela stan. Apoteket Svanen var till exempel hans verk påpekade han stolt. Ledde uppskattade att Glasmästarn hade ramat in fler av hans tavlor gratis. Samtidigt förklarade han för Glasmästaren att tavlorna bara skulle ramas in. Oljor glasade man inte. »Vet jag väl«, sa Glasmästaren lite förnärmat.

Glasmästarn var lite speciell. Han hade ett språk som var både burdust och grovkornigt. Det var nog det som gjorde att Ledde översåg med Glasmästarns storvulenhet. Ledde visste att Glasmästarn hade en sida som få kände till. Uppkomlingen hade en ömsint känsla för staden dold bakom den hårda ytan av framgångsrik fastighetsaffärsman. Efter Leddes död framhöll Glasmästarn att det var en ren skam att Leddes konst inte hade uppskattats mer redan under dennes livstid.

»Ingen blir profet i sitt eget land«, suckade han och hängde upp en Leddetavla i sitt kontor. »Där hänger du fint, Ledde« sa han högt för sig själv.

Jag önskade att jag hade kunnat ringa Ledde och berätta om hans sentida framgångar. Inte minst om Österlenvernissagen då en kö av besökare ringlade utanför utställningslokalen. Glasmästarn såg till att det blev en vernissage även i Lund. Då slog det mig att Ledde aldrig hade haft råd med telefon. När han någon enstaka gång behövde ringa, fick han på nåder låna vicevärdens telefon. Denne satt lugnt kvar och avlyssnade nyfiket samtalet. Det var ju hans telefon.

Ledde ringde aldrig efter sin död. Det var synd. Det hade han faktiskt lovat mig. Jag saknade honom. Särskilt hans enkla syn på tillvaron. Ibland kunde han förstås krångla till det, men det berodde alltid på hur många centiliter han hade fått i sig. Det kändes som om jag lärde mig mer av honom än av skolans undervisning. Som fosterbarn hade Ledde fått klart för sig att ingenting i livet var självklart mer än arbete och slit. Inget i livet fick man gratis mer än frisk luft. Studier efter folkskolan var det aldrig tal om. Hela hans jag protesterade mot ett välordnat, inrutat liv. Jag minns alla trevliga pratstunder som vi hade trots den stora åldersskillnaden. På hemväg från skolan mötte jag honom oftast höjd i med Trädgårdsgatan. När jag stannade till kom hans hälsningsfras: »Är skoleländet slut för idag?« Jag nickade som bekräftelse. »Det har varit skitjobbigt!«

Vi växlade ytterligare några ord. Sedan rusade han plötsligt iväg som om han hade eld i baken. Satte fart i riktning mot Södra Esplanaden.

»Glömt en sak. Måste ner till Täppan«, ropade han alltmedan han hastade vidare. Täppan var ett fik som besöktes mest av arbetare och hantverkare. Dit gick Ledde nästan varje morgon för att få i sig några skorpor och en kopp kaffe. Han var bundis med konditorn Henningsson som för enkelhetens skull också kallades för Täppan. De två hade känt varandra sedan barnsben och Täppan visste att Ledde behövde lite omsorg.

»Här ser för djävliga trist ut«, sa Ledde en kulen novembermorgon. Konditorn tittade förundrat på honom och svarade:

»*Gör* det? Ingen har klagat hittills.« Kanske hade Ledde rätt? Ledde som var på ett sjusärdeles gott humör sa glatt:

»Kan jag änte få fixa till lokalen till daj? Piffa upp den litta med en väggmålning. Så blir det liasom hemtrevligare.«

Täppan Henningsson gick efter viss tvekan med på projektet. Så påbörjades väggmålningen som aldrig tycktes vilja bli färdig. Men det blev den. Nu såg hela väggen helt annorlunda ut. Väggmålningen bestod av tre delar. Motivet var inte oväntat Adelgatan. Resultatet av Leddes vedermödor var onekligen dekorativt. Både konditorn och Ledde var nöjda. Gästerna gillade också väggmålningen. Det blev genast trivsammare. Liksom lite varmare i lokalen.

Kärt barn har många namn. »Täppan« kallades fiket för eftersom det låg nära ett av stadens första koloniträdgårdsområden. »Kringlan« kallades det också av några för att det hängde en stor förgylld kringla utanför kaféet. Så bytte det så småningom namn till Konditori Esplanaden. För det låg ju faktiskt på Esplanaden. Äldre lundabor fortsatte att kalla det för »Täppan«. Även konditor Henningsson kallades som sagt för Täppan vilket han inte hade något emot.

Vid tiden för namnbytet på fiket var Ledde död. Men väggmålningen var intakt. Så beslutades det att fiket skulle stängas. Huset där fiket var inrymt skulle renoveras och sedan bli bostadsrätt.

När Glasmästarn fick höra att konditoriet skulle stängas blev han alldeles bestört.

»Väggmålningarna! Leddes bildsvit på konditori Täppan!« skrek han så att hans hustru hoppade högt. »De måste räddas!« Nu var goda råd dyra!

Hur skulle det nu gå med Leddes väggmålningar om han inte hann dit? De riskerade helt enkelt att förintas. Det fick bara inte ske. Nu fick han bråttom. Han bådade snabbt upp några av sina anställda. Med deras hjälp lät han helt enkelt skära loss de tre delarna av målningen från väggen. Det skedde försiktigt bit för bit. Operationen lyckades. Därefter tog han hand om målningarna och placerade dem tillfälligtvis i sitt garage på Bredgatan. Nu hade han räddat Leddes väggmålningar på det gamla konditoriet till eftervärlden. Även konditorn var mycket nöjd även om han med sorg fick ge upp sitt kära konditori som han drivit så länge.

»Nu ler nog Ledde i sin himmel«, sa Glasmästaren när räddningsaktionen var avklarad. »I sin himmel?«, sa Täppan Henningsson, konditorn som nu bara var sportflygare. »*Han* som var så fruktansvärt rädd för höjder och inte vågade flyga med maj. Har du glömt bort det, Glasmästare?«

Saken var den att Täppan sedan decennier tillbaka var sport-
flygare. På hans konditori hade Lunds flygklubb bildats. Flyg-
klubben höll till på SG Johanssons ägor på Stora Råby gård. SG
stod för Sven Gustaf. Han var jordbrukare i tredje generationen
och före detta släggkastare på elitnivå. Nu hade han blivit flyg-
intresserad och tagit flygcertifikat. Han bytte i samma veva ef-
ternamn till Hassland. Det lät mer internationellt. Sedan föll
det sig självklart att flygplatsen som han anlade döptes till Has-
slanda. Efter lite om och men fick den kallas för Hasslanda In-
ternational Airport.

Täppan frågade vid ett tillfälle om Ledde ville följa med på en
kortare flygtur över lundabygden. Ledde bleknade och såg all-
deles dödsförskräckt ut. Himmel, hav och gator kunde han måla
av, men att ge sig ut på havet eller upp i himlen kom inte på fråga.
Han ville absolut inte flyga.

»Om Gud hade velat att vi skulle flyga hade han försett oss med
vingar«, sa han gravallvarligt. Han fortsatte att lägga ut texten.

Om Täppan fortsättningsvis tjatade om att han ville upp och
flyga med Ledde som sällskap, tänkte han minsann sluta upp
med att äta konditoriets torra skorpor till frukost. Täppan lug-
nade genast ner honom: »Ledde, Ledde! De var bara ett erbju-
dande! Du slipper flyga om du änte vill.«

***

Vid ett tillfälle hade Ledde viggat mig på hela min veckopeng.
Han sa att han måste betala en skuld till Täppan men jag tror
det handlade om att införskaffa en flaska billigt sydafrikansk
dessertvin. »Idag är det värre än vanligt! Har du nånna nödmynt
i lomman?« Klart jag ställde upp för Ledde. Han var den ende
vuxne som jag kände som alltid hade tid med mig. Det var min-
sann inte alla småglin som fick prata med Ledde. Höra om hans
mer eller mindre sanna historier ur levande livet. Dessutom lyss-
nade han, när jag berättade om orättvisa lärare och oförrätter.
Så här långt efteråt slår det mig att jag aldrig funderade på hur
gammal han var. På något sätt verkade han tidlös. Han var ingen
farbror som lärarna i skolan. Ingen kostymgubbe med fluga som
min far och hans kollegor. Inte heller någon hantverks- eller

bodknoddstyp. Ledde var Ledde, helt enkelt. Han verkade aldrig ha några pengar. Dessutom såg han faktiskt alltid fattig ut. Det var nog kläderna. Just den här dagen verkade han särskilt sliten. Så småningom förstod jag att hans huvudsakliga gärning bestod i att måla tavlor. Men kunde han leva på sin konst? Jag undrade i mitt stilla sinne men vågade inte fråga riktigt än. I början var han bara ett återkommande inslag i gatubilden. Syntes han inte i Nöden eller dess närhet var det något som saknades. Då var det något som var fel.

Åtta månader passerade. Så en dag dök han plötsligt upp utanför den stora porten som ledde in till Katedralskolan. Det verkade som om han hade stått där och väntat på mig. Ledde var på ett sjusärdeles strålande humör. Ögonen lyste på det där spjuveraktiga sättet som jag kände igen så väl. Klart jag undrade vad han ville. Han trevade i ena fickan till sin slitna kavaj.

»Pågasatan. Här är dom«, sa han och slängde nonchalant över några kronor i snabb följd. Jag slängde mig i luften som den värsta målvakt.

Lyckades turligt nog fånga mynten innan de trillade ner i gatans avloppsbrunn. Ledde tittade flinande på min luftakrobatik.

»Tack Ledde!« stammade jag fram. Klart att jag litade på honom. Visst hade jag funderat på om jag någonsin skulle få tillbaka pengarna. Men Ledde var rättrådig. Varför han hade lite trassel allt emellanåt kunde jag förstå. Han hade ju ingen stadig inkomst.

»Har du sålt nått idag?« frågade jag medan jag omsorgsfullt stoppade ner pengarna i börsen. Han tittade begrundande på mig och svarade:

»Sålt? Aaadu. Naj, mina tavlor är alldeles för värdefulla för att säljas.« Yttrandet var ett utslag av hans vanliga självironi. Han fortsatte:

»Men faktum é att idag har jag fantamej sålt en tavla!«

»Grattis«, sa jag eftersom det var det enda jag kom på att säga.

Någon säljare var han knappast men det var klart att han måste han ha pengar till mat och sprit. Nu var vi nöjda båda två. Våra affärstransaktioner på hög nivå var avklarade. Vi skiljdes med ett glatt »hajdå«.

Ledde slängde gärna käft med de flesta men mera sällan med

småglin. Eftersom jag tillhörde den sorten, var jag extra stolt över att vara undantagen. Varför jag var stolt över att känna honom visste jag inte. Det enda jag visste, var att jag tyckte om att prata med honom. Han var oförutsägbar till skillnad från de flesta vuxna. Jag avskydde de ungar men även vuxna, som retade honom när han var ordentligt full. Då tyckte jag bara synd om honom. Ibland hjälpte jag honom hem. Han var väldigt tacksam just då. Men nästa dag hade han förstås glömt bort det. Vilken röra han hade i sitt lilla krypin! Vid ett tillfälle fann jag honom där i ett eländigt skick. Han muttrade:

»När jag är död ska jag fantamej skaffa telefon!« Jag tittade frågande på honom.

»Va´ ska du ha den till?« Jag tyckte min undran var berättigad. Fast han fick förstås hemskt gärna ringa mig senare i livet när jag blivit vuxen. Han fingrade fram en fimp ur sin svarta kavaj. Tände den, drog in några djupa bloss och sa:

»Jo, förstår du, då ska jag ringa till alla djävla myndigheter i stan.« Det verkade som han sökte i sitt minne. Sedan rabblade han upp: »Barnavårdsnämnden, nykterhetsnämnden, polisen, sjukkassan, socialiststyrelsen, medicinalstyrelsen, konstnämnden och allt vad di nu hittor. Då ska jag läsa lusen av dem. Tala om att jag klarat maj bra i hela mitt liv på min konst. Utan några subsidier.«

Inte visste jag vad subsidier var, men jag nickade förstående. Dessutom kunde jag slå upp det i min bibel, Verdandis små-skrifter: VÅRA VANLIGASTE FRÄMMANDE ORD.

»Det gör du alldeles rätt i«, sa jag med allt det eftertryck som en oerfaren tolvåring förmår. Ledde log snett och nickade. Några longörer behövdes inte. Vi förstod varandra. Men faktum är att jag aldrig gav upp hoppet om att han en vacker dag skulle ringa till mig. Han hade ju sagt att han var en lundensisk Hermes. En sådan känner till alla kontaktvägar. Vet att överbringa ett budskap. Ledde kallade sig för levnadskonstnär, vilket också en kort tid stod på hans dörr till bostaden i Nöden. Sedan ändrade han det till f.d. konstförvant. Det lät liksom lite mer gediget. Det var en gammal fin yrkesbeteckning för typograf. Och utlärd typograf var han bevisligen.

»Nån djävla titel måste man ha«, sa Ledde. Konstförvant låter väl bra? Den titeln duger gott.«

Han fortsatte prata. Nu hade han fått upp farten riktigt ordentligt. Orden strömmade ur honom som en brusande fors om våren:

»Förutom joubbare och borgare har vi i den här stan en massa fårskallar till professorer för att inte tala om deras kärringar. Osse har vi di kälkborgerliga.«

Jag hade ingen aning om vad kälkborgerlig betydde. För säkerhets skull nickade jag som bekräftelse på att jag fattat.

»Ja, det förstås. Fårskallar finns det gott om«, sa jag snusförnuftigt. I framtiden ville jag också ha en titel. Men vilken? Det fick bli en senare fråga.

Ledde var som sagt ingen försäljare direkt. Ändå lyckades han kränga sina tavlor när han som bäst behövde pengar. Egentligen ville han inte skiljas från dem alls men nöden hade ingen lag. Han påstod att han kände sig alldeles tom så fort en tavla avyttrats. »Mina tavlor har en själ även om de anses som skit«, sa han bestämt. Långt om länge började tavlorna sälja så smått. Ryktet spred sig.

Av en ren tillfällighet hade en konstkännare råkat se en av hans mest lyckade tavlor. Ledde själv tyckte inte den var tillräckligt bra. Tavlan ifråga var den trettiosjunde varianten av Adelgatan. Mannen bad att få titta lite närmare på den. Han hummade och muttrade. När han var klar med sin granskning frågade han:

»Har herr Lundberg möjligen fler att visa?« Ledde såg ut som ett levande frågetecken. Sedan sa han:

»Jag tror jag har runt femhundra tavlor i litta olika storlek.«

Med stor tvekan gick Ledde den för honom okände mannen till mötes. Bli bedömd så där rakt upp och ner av en konstkännare var han inte van vid. Konstkännaren visade sig vara en välbärgad man. Han erbjöd sig, en kort tid efter granskningen av ytterligare några tavlor, att betala Leddes konstnärsutbildning.

»Flera av tavlorna är alldeles utmärkta«, sa mannen. »En av dem är särskilt lyckad«, sa han för ytterligare understryka sitt sammanfattande omdöme. Ledde teg, ovan som han var att få beröm. »Det är aldrig för sent att utvecklas«, påstod mannen. Utbildningen borde självklart förläggas till Paris. Var annars? Ledde blev för en gångs skull helt stum. Sedan lovade han att tänka på saken. I sitt stilla sinne undrade konstkännaren om gatumålaren var lite galen. Han verkade inte tycka om vad han åstadkommit. Leddes fostermoder var lite underlig hade han hört men hon var förstås inte hans biologiska mor. Vem Leddes biologiska far var, trodde sig mecenaten veta, vilket ökade hans intresse för Ledde. Ryktet sade att det var en känd konstnär som inte bodde så långt ifrån Lund. Dessutom var de slående lika till utseendet. Mecenaten hade emellertid aldrig yppat sina misstankar till någon. Den kände konstnären som eventuellt var far till Ledde, hade säkert fler barn på bygden. Det var vad ryktet sa. Ingen rök utan eld.

»Kan vi talas vid igen om en månad eller så?« sa Ledde.

»Om en *månad*?« Mecenaten in spe, trodde inte att han hade hört rätt. Vad menade karln? Försökte han driva med honom?

»Varför inte redan imorgon?« frågade han.

Ledde såg ner i gatans kullerstenar där de stod på Mariagatan och dividerade. När han äntligen höjde blicken sa han korthugget:

»Imorgon är jag tyvärr strängt upptagen.«

Naturligtvis var han inte det minsta upptagen. Det var bara ett sätt att försöka skjuta upp sammanträffandet och beslutet. Den här situationen var han inte van att hantera. Det kändes obehagligt att behöva ta ställning. Ledde blev dessutom alltid orolig då någon försökte förändra hans invanda liv. Efter lite lirkande gav Ledde med sig. De kom överens om att ses på konditori Täppan på Södra Esplanaden en vecka senare.

När det var dags gjorde Ledde allt för att komma för sent till mötet. *Gehe! Gehen Sie sofort!* »Gå! Stick iväg! Dra!« hade Valenta frenetiskt manat på honom. Österrikaren lät riktigt arg. Tills sist hade Ledde med tunga steg gett sig iväg som om han var på väg till sin egen begravning. När han steg in på konditori Täppan satt redan konstkännaren väntande på plats. Han sken upp trots att Ledde var kraftigt försenad.

Sedan Ledde bjudits på kaffe och ostsmörgås togs frågan upp på nytt. Tydligen gick den inte att undvika trots att Ledde babblade om allt mellan himmel och jord. Mecenaten tog upp en cigarett ur ett elegant guldetui. Erbjöd Ledde en platt, turkisk cigarett och gav honom sedan eld från en Ronson cigarettändare som måste ha kostat multum.

»Det var herr Lundbergs konstnärsutbildning vi skulle tala om. Planera lite närmare. Paris är en fantastisk stad.« Mannen såg lite drömmande ut och tittade upp i taket. »Mm.« Ledde krympte ihop alltmer där han satt. Vad skulle han säga?

»Herr Lundberg bör ge sig i väg senast till våren eftersom det finns en del formaliteter som först måste klaras av. Har han passet i ordning?« Ledde tittade förbluffad på mannen. Hade han hört rätt?

»Pass?« stammade Ledde överraskat. Sedan sträckte han på sig. Då sprack sömmen i kavajens högra ärm. Det bekom honom inte.

»Herr Lundberg«, hade han minsann tilltalats med. Det lät både elegant och respektfullt. Kanske han trots allt var någon.

Mecenaten in spe lade ut texten. *Nu skulle autodidakten från Nöden få sitt livs chans.* Ledde blev allt nervösare. Han önskade att han hade svalt ett par supar innan han begav sig iväg till Täppan. Dessvärre hade han inget drickbart hemma och var Söderberg höll hus hade han ingen aning om. Inte heller visste han var de andra vännerna var.

Om inte Valenta hade dykt upp, hade Ledde inte gett sig iväg. Valenta hade sagt något på sin rotvälska. Ingen tvekan om vad han hade menat. Han hade nästan låtit lite arg. Använt ett skarpt tonfall som Ledde inte kände igen. Nu satt han alltså här inför den Mäktige. Oron ökade alltmer. Pulsen slog allt snabbare. Lika bra att säga som det var. Ledde tog sats men det kom inga ord över hans läppar. Munnen kändes torr som Saharas öken. Lika illa var det med tungan. Den kändes som om den vore fastklistrad i gommen. Han *måste* fram med det. Ge besked. Han var väl inte feg? Nu var den illasmakande, parfymerade cigaretten färdigrökt och han kom inte längre undan. Så fick han till slut fram sitt svar.

»Jag får tacka så mycket för vänligheten...«

Ledde tystnade. »För all del«, inflikade konstkännaren och log vänligt uppmuntrande mot honom.

»...men det blir inget av med Paris«, avslutade Ledde sin påbörjade mening.

Nu var det sagt. Han tackade mycket vänligt men bestämt nej till det överdådiga erbjudandet. Mecenaten trodde inte sina öron. Hade han verkligen hört rätt? Med gapande mun betraktade han den slitna gestalt han hade framför sig. Denne satt där med tom blick och verkade inte vilja fortsätta samtalet. Ledde visste vad han ville eller kanske snarare, vad han *inte* ville. Hans generella erfarenheter av erbjudanden var inte odelat gott. Det fanns alltid någon osynlig hake i alla flotta erbjudanden. En gång blev han lurad att flytta till Landskrona. Det erbjudande han fått den gången, visade sig vara förenat med villkor. En sådan tabbe tänkte han aldrig någonsin göra om. Det var nog likadant i det här fallet. Paris eller Landskrona spelade ingen roll. Det var ingen skillnad. De var precis lika okända miljöer för Ledde. De var rent av skrämmande. Paris var förstås lite större så vitt han kunde förstå. Så föll Leddes slutreplik medan han reste sig upp från det lilla skrangliga bordet varvid kaffet skvimpade ut på den rutiga duken: »Vad ska jag i Paris att göra? Jag kan ju förresten bara skånska. Någon riktig konstnär blir jag nog aldrig.« Den Mäktige gav upp. Mumlade något om »otack är världens lön.« Reste sig långsamt från kaféstolen och lämnade med värdig min lokalen. Ledde andades ut. När han kommit hem till Nöden gick han in till Vita Negern som bjöd på en välbehövlig sup. Han var räddad. Nu kändes det bättre.

Fastän Ledde var välkänd i hela staden var det få som visste hans fullständiga namn. Man kände igen honom framför allt på hans karakteristiska mössa och snabba gång. Minsta skolpojke hejade världsvant på honom. »Hallå, Ledde! Läget?« ropade springschasen när han på förmiddagen mötte Ledde i höjd med Mårtenstorget. Springschasen svängde nonchalant ner på den smala, lutande Råbygatan i vars närhet bageriet låg. Bageriet ingick i Kooperativa förbundet och hette Lunds Arbetarförenings bageri. Där fanns också brödaffären. Det var där pojken med den tunga, trögtrampade budcykeln jobbade. Just när han skulle till att svänga, skrek Ledde tillbaka: »Ska till Bolaget. Dom öppnar om två minuter. Där kan vara kö.«

Springschasen brukade leverera några limpor av gårdagens bröd till Leddes bostad. Vad de hade kommit överens om beträffande betalningen blev jag aldrig klok på. Men en slags överenskommelse hade de.

Ledde kändes lätt igen på sin karakteristiska ansiktsform. Näsan var rak, kindknotorna lite höga. Ögonen var intensiva och munnen normalstor. Vanligtvis var kinderna liksom partiet ovan överläppen renrakade. Hakan pryddes av ett kraftigt mörkblont skägg. Han var oftast klädd i svart och gav ett tunnklätt intryck. Rörde sig snabbt som om han hade ett bestämt mål vilket han inte alltid hade. På huvudet bar han en svart mössa. Leddemössan liknande inte någon annan huvudbonad. Möjligen fanns något snarlikt i Portugal. Mössan bar han året runt. Det skulle inte förvåna mig om han sov med den på. Han hade själv tillverkat den, påstod han. I alla fall fanns den inte att köpa i någon av stadens herrekiperingsaffärer. Inte hos Franks på Lilla Fiskaregatan och absolut inte hos Ljungdahls på samma gata. Huvudbonaden som han bar på sin kala hjässa var en slags baskerliknande sak, även om den inte var lika platt som en traditionell basker.

Det blonda, ljuslockiga håret som han var så stolt över, hade försvunnit successivt i trettioårsåldern genom en mystisk sjukdom. Kallades visst för anlag till skallighet. Alltså rakade Ledde hjässan och bar i fortsättningen alltid mössa. Han sörjde sitt förlorade hår mer än sin fostermor då hon dog. Som kompensation för håret anlade han skägg. Det hade förstås både sina för- och nackdelar att vara igenkänd. Fördelen var att många hejade på honom. Nackdelen var de fördömande. De som kastade föraktfulla blickar på honom när han stod och hängde utanför bolaget.

»Har bara en kort paus i måleriet«, kunde han säga när han fick en närgången blick av någon han såg upp till. »Jaja. Nock om de«, fick han till svar.

Ledde såg upp till både Pelle och även ordförande W. Därför kände han sig ertappad då de såg honom utanför Bolaget. Fast å andra sidan var de minsann också kunder på Bolaget men inte lika ofta. Sedan försvann Pelle till Malmö och ordförande W såg han alltmer sällan. Vid den nya Konsthallen som hade uppförts 1957 fanns en bänk vid husväggen. Där gassade solen skönt om våren. Höstsolen kunde också värma en aning. Där satt han gärna tillsammans med Söderberg, Krassi och del andra figurer som av medborgarna i staden definierades som A-lagare. Krassi hade som rutin först tagit svängen förbi arbetsförmedlingen på Magle St. Kyrkogata för att höra om där fanns något påhugg.

Krassi hade en viss arbetsmoral. Fanns det ett tillfälligt jobb så
tog han det, även om det var tungt. Han hade varit grovarbetare
hela sitt liv och var inte så bortskämd. Fanns det inget, så var det
bara att knalla iväg till grabbarna på torget och fördriva dagen
på bänken. Han kunde inte fatta att Ledde aldrig jobbade.

»Jobbar?« sa Ledde. »Visst fan jobbar jag! Varenda dag.«

Krassi såg först snopen och sedan lite road ut.

»Gör du verkligen det?« Sedan skrattade han högljutt.

»Kallar du ditt kludderi för jobb?«

Ledde gav upp. Krassi skulle ändå aldrig förstå sig på konst.
Däremot förstod han sig på fotboll. Ett tag var han den mest of-
fensiva vänsterbacken i hela division 2 södra. Hans vänsterfot
var suverän. Nu var karriären över. När törsten var som svårast
stod de där vid husväggen. De före detta fotbollsspelarna. Nära
Bolaget och Eggelins musikhandel. I väntan på att något skulle
hända, kunde de, om intet annat snacka fotboll. Då Konsthallen
stod färdig i slutet av 50-talet, flyttade de till bänken utanför
den nya kulturinrättningen. Där var det bättre lä. Bänken var
utmärkt när de började bli trötta av att bara stå rakt upp och ner
och glo. Då satte de sig på bänken och fortsatte att småprata.
Där satt i allmänhet redan resten av stadens ledighetskommitté.
Friberg, en av de trogna bänknötarna, satt och spanade efter nå-
gon som hade brännvin eller kunde köpa ut. Vid husväggen var
utsikten över torget god. Stadens enda Systembolag, Vin- och
spritcentralen, låg alltså vid Mårtenstorget. Där var det alltid liv
och rörelse, särskilt på torgdagar. Alltid fanns det någon vänlig
själ som hade några droppar att erbjuda eller som kunde köpa
ut till dem som var svartlistade. På Bänken kunde det i bland
bli ett djädrans liv något som Ledde avskydde. Under det sista
decenniet av sitt liv lämnade Ledde bänken där A-laget höll till
och drog sig undan för gott i Nöden. Den sociala skammen hade
hunnit ifatt honom liksom kroppens skröplighet.

Under Leddes levnad kunde man som sagt bli tagen för fylleri.
Det fick inte ske för många gånger. Visst hände det mer än en
gång att polisen fick leda hem honom när han ställt till det för
sig. Inte minst hade Ledde en fäbless att vilja dirigera motortrafi-
ken som han tyckte var ett störande inslag i den medeltida stads-

kärnan. Det var långt innan gågator infördes. Ledde hatade bilar men även bussar. Därför hände det att han helt enkelt stoppade trafiken. Ibland demonstrerade han sin motvilja genom att lägga sig raklång på gatan för att stoppa bussarna. Dessa spydde ut en massa farliga avgaser. Därför borde de förbjudas i stadens centrum. Om Krassi var Skånes mest offensiva vänsterback, var Ledde nog landets förste miljövän även om begreppet ännu inte var uppfunnet. Polisen delade inte hans inställning; inte heller hans attityd till parkering. Leddes beteende ställde naturligtvis till trassel. Vid ett tillfälle försåg han sig med en giltig parkeringsbiljett varefter han lade sig i en tom parkeringsruta för att sova. Det hade varit en ovanligt varm sommardag och Ledde orkade inte ta sig hem till Nöden. Snart sov han sött på sitt öra. När den patrullerande polisen väckte honom i gryningen, uppgav Ledde att han var en liten Fiat. Här var det en som hade ett fullt giltigt parkeringstillstånd! Ledde pekade på parkeringslappen som stack upp ur kavajens näsduksficka. Några böter ville han därför inte höra talas om. Dessutom hade han inga pengar. Det borde ordningsmakten förstå. En stackars fattig gatumålare som dessutom aldrig haft några riktiga föräldrar. I alla fall inga han mindes. Då bortsåg han förstås från sin fostermor i Nöden.

»Se själv, konstapeln«, sa han och viftade ivrigt med parkeringslappen. »Allt är i sin ordning.« Konstapeln skakade på huvudet.

»Nej, du Ledde. Det är det verkligen inte! Sluta nu med såna här dumheter!«

Trots att Ledde stundtals stökade till det, finkades han sällan för fylleri. Eftersom Ledde var Ledde, så fick det ofta passera med finkning. Våldsam var han aldrig. När han spelade fotboll var han alltid juste. Råkade han av misstag springa ner en motspelare hjälpte han denne att komma upp. Därefter delade han ut en stor bamsekram tills motståndarspelaren skrek: »Släpp! Släpp mig för fan!«

Efter träningen tyckte han att alla borde få varsin pilsner men det tyckte inte tränaren. Möjligen om man vann serien. Ledde suckade uppgivet men fogade sig eftersom han älskade fotboll. Många epitet kunde sättas på Ledde. Gatumålare var han *a priori*. Bohem, berättare, drinkare, glädjespridare, fotbollsspelare och

provokatör var andra beteckningar. Långt ifrån alla visste att
Ledde hade varit en lovande fotbollsspelare. Det var inget han
skröt med mer än när han hade tagit sig några järn. Grynmalare-
gatan i stadsdelen Nöden var otvivelaktigt hans signum. Denna
gata målade han gång på gång utan att tröttna. Hans favoritgata
kunde säkert bli bättre om han bara ansträngde sig lite mer. Han
påstod att han under årens lopp hade målat minst femhundra
tavlor av gatan. Det fanns de som påstod att det snarare handlade
om tusen tavlor men det kanske var att ta i. En mängd av hans
alster förvarades på vindskupor hos grannar och goda vänner
som ett slags sparkapital. Själv hade han inga tillräckligt stora
utrymmen för allt han producerade. Svaret på hur många tavlor
han egentligen målade får vi aldrig.

Ledde målade visserligen helst Grynmalaregatan, favoritgatan.
Men med åren utvidgade han sitt revir och målade även många
andra gatupartier i staden. De krokiga gatorna bakom Kulturen
var en av hans favoritplatser. Särskilt Adelgatan var han förtjust
i. Där slog han sig med jämna mellanrum ner med sina måleripi-
naler. Penslar och färg var inte alltid betalda. När han krävdes på
betalning lovade han att betala med en tavla. Visst dominerade
stadsmotiven men han målade även åtskilliga tavlor av slätten
och gårdarna i det skånska landskapet. En olja med ett motiv
med Dalby kyrka sedd från väster, var han nästan nöjd med. Men
bara nästan. Bråttom hade han sällan. Beställningar gav vis-
serligen pengar men tavlorna måste bli snygga. Ibland tog han
emellertid bort detaljer på husen. En skorsten eller ett fönster. I
värsta fall syntes inte hela huset. De som betalade alltför dåligt
fick finna sig i det. En del upptäckte det, andra inte.
»Du kan för fan änte få *hela* huset på tavlan för femtio spänn«,
var hans kommentar då någon beställare klagade på slutresul-
tatet.
Ledde hade bara målat halva huset eftersom han tyckte be-
ställaren var en riktig snåljåp. Många av målningarna blev till
tidsdokument över en svunnen tid. De vittnade om hur staden
såg ut på 1940-, 50- och 60-talen. Han varierade alltid sin signa-
tur. Det var som om han ville förbrylla. Sällan skrev han ut hela
sitt namn. Ibland blev det K-E Lundberg men lika ofta KEL eller

EL och nästan aldrig satte han dit årtalet. Det vanligaste var att han inte signerade alls. Det kunde väl vem som helst se att det var en tavla av Ledde? Ledde saknade för det mesta pengar. Men han var skicklig på att få små, men många förskott på beställda tavlor. Visst hade han sina egenheter. Vid ett tillfälle hade han köpt en grillad korv med mos vid korvståndet i närheten av biografen Saga på Södergatan. Han tog en tugga av korven och bad sedan om en påse.

»Har du en pousse?«, frågade Ledde.

»Va ska du med den till?« sa Korva-Svensson. Ledde tittade förvånat på Korva-Svensson. Fattade han ingenting? Trodde han att Ledde hade skafferiet fullt med mat, kanske? Dessutom hade han inget skafferi.

»Vafför? Det va´ en ovanligt enfaldig fråga, Svensson.« Med en pousse kan jag jö spara resten till frokost«, sa Ledde. Han fick sin korvapåse. Vände på klacken och gick förnöjt visslande hem till Prennegatan.

Hur var det nu med färgen? Många undrade vad han hade för slags färg när han målade. Speciellt den där gröna, var så väldigt annorlunda. När det gällde färg kunde man aldrig så noga veta när det gällde Ledde. Han målade nämligen även på väggar. Alltså måste färgen sitta i länge. »Mina väggmålningar ska bli varaktigare än brons. Färgen é A och O«, sa Ledde och såg gåtfull ut. Det spekulerades en del om Leddes färg. Det sades att den speciella gröna färgen i Leddes många versioner av Adelgatan var en slags karamellfärg som blandats till av konditorn Henningsson. Samma färg använde han då han målade väggen på kafé Täppan på Södra Esplanaden. En skvätt gin i färgen gjorde susen även om det sved i sinnet. Vad fick man inte offra för konsten!

Jag drömde att Ledde ringde. Det var inte första gången han stötte på mig i mina drömmar. Han undrade:

»Hur ser stan ut nu förtiden? É den sig lik? Finns gamla Nöden kvar?« Jag suckade högt och svarade:

»Stan har blivit alldeles för stor. Studenterna skojar. Sätter upp nya skyltar vid stadens infarter. På dom står det: Välkommen till Lund. Den lilla horstaden. Ledde skrattade förtjust. »Di é saj lika di där studentadjävlarna.«

Det blev tyst. Då fortsatte jag: »Den har vuxit ordentligt åt alla håll. Stan alltså«, förtydligade jag. »De östra delarna är nästan hopväxta med Stora Råby. Hasslanda flygplats vid Råby gård är nerlagd. Flygklubben är rasande men det bryr sig politikerna inte om. Stan växer åt alla håll så att det knakar. Industrin ska ha plats. Du skulle inte känna igen dig.« Jag lät med avsikt lite dramatisk. Han suckade djupt och sa uppgivet:

»Det ante mej! Någon annan förändring?« Jag sa som det var.

»I Nöden är det numera fint att bo. Där Bindergarnsfabriken låg en gång i tiden på Prennegatan, har HSB byggt nya bostadsrätter. Det är nästan bara bättre bemedlade som har råd att bo där. Stan ska dessutom få spårvagnar.«

Jag hörde hur han kippade efter andan där uppe bland molnen. Sedan sa han:

»Om jag inte redan vore död hade jag dött på fläcken! Det var det djävligaste jag hört! Jag ringer upp dig igen imorgon. Måste förbereda ett viktigt möte. Det har kommit så många nya sista tiden som jag måste snacka med. Jag återkommer!«

Jag vaknade med ett ryck. Inte hade jag fått något telefonsamtal från himlen. Och allra minst från Ledde. Jag som hade tänkt berätta om de senaste fotbollsresultaten. De döda ringer aldrig. Hela dagen var förstörd och jag kände mig djupt besviken. Ledde hade blivit förbannad. Det hörde jag på rösten. Det hade han all rätt i världen att vara. Ibland funderade jag på vad det var som gjorde, att människor kunde bli så ilskna långt efter döden. Ledde kunde vara lugn i långa perioder men ibland kom vreden.

Några månader senare ringde han igen. Han var på sitt typiska Leddehumör varför han lade ut texten på ett målande sätt.

»Du vet väl hur det är? Som ung är man litta äregirig. Beror på hormonerna, således. Då vill man upprätta en triumfbåge över till och med den uslaste tavla man åstadkommit. Jag gjorde en och annan tavla i livet, om du fattar vad jag menar?«

Han skrattade lite illmarigt. Då såg jag att han saknade en tand i underkäken. Då kunde det väl inte vara en dröm?

***

»Om man inte har någon historia ur livet att berätta, vad tjänar det då till att be?« Ledde väntade ett svar men fick inget. »Jesus hade inget att säga de anständiga. Han höll sig mest till de utstötta och fattiga om jag inte minns fel. Han kanske inte var så dum, när man tänker efter. Han hade nog platsat i Nöden. Kanske hade jag en litta avog inställning till Jesus förr. Men faktum é att hans liknelser inte är så dumma. Det tänkte jag aldrig på när jag konfirmerades. Nu när jag fått litta distans, ser jag annorlunda på saken.« När jag skulle till att fråga honom hur han menade, var han försvunnen. Är det förflutna ett enda stort lugn? Det beror nog på vem som tittar i backspegeln. Ledde levde i nuet. Han var en varm människa som hatade bråk. Nyheter var han inte så intresserad av. Det var mest politik och elände. Politik var han totalt ointresserad av. Valenta hade dessutom varnat honom. *Nach meinem Erachten, keine Politik*, sa österrikaren.

En höstdag i slutet av 50-talet var Ledde ovanligt pratsam. Möjligen tangerade hans prat politikens utkanter. I alla fall mumlade Valenta något om »propagandans roll i samhället« eller något ditåt. Men han fullföljde inte meningen. Det spelade ingen roll för Ledde lyssnade ändå inte. Det fanns ett nytt ord som irriterade honom. Trender. Det tjatades om trender i tid och otid. Nu öste han ur sig sitt hjärtas mening i en strid verbal ström.

»Dom snackar om trender. Va fan e de? Trender. É de nått skit som kommit till stan med tåget från kontinenten tro? Om det handlar om att göra sig märkvärdig som han Picasso, kan man lika bra ge fan i det. Då målar jag hellre på mitt eget sätt. Skiter i den där trenden.«

Jag inbillade mig att jag förstod vad han menade vilket jag inte gjorde. Valenta skakade på huvudet och avlägsnade sig. Nästa dag när jag som vanligt stannade till i Nöden och växlade några ord med Ledde frågade han lite oväntat:

»Har ni TV? Valenta påstår att det är farligt. Folk kan förledas.« Jag sa som det var.

»Pappa har övervägt att köpa en TV hos Radio-Nilsson vid Botulfplatsen eller hos Carlssons Centrumradio på Östra Mårtensgatan. Han har rabatt där«. Det senare gled bara ur mig som en inlärd läxa. Han tittade misstänksamt på mig och sa:

»Övervägt? Rabatt? Passa dej, pågen, så änte skolan förstör daj fullständigt med alla fina ord.«

Hur det nu var, kröp det fram att Ledde var irriterad på allt tjat om TV hit och TV dit. På stan snackades det om TV och att den så kallade trenden visade på att snart skulle alla ha en TV i sina hem. Han hade minsann tagit en rejäl runda och sett både det ena och det andra. En massa människor stod och glodde fånigt in genom radioaffärernas skyltfönster. Där stod ett flimrande fanskap till skåp som ibland hade en testbild. Ledde tyckte det såg ut som den mest rullade och flimrade. Man kallade dessutom irriterande nog alla prylar och pryttlar för något med TV. Det var kaffetermosar som kallades för TV-kannor, små stolar som kallades för TV-stolar. Det fanns speciella små lampor som kallades för TV-lampor. Dessa skulle placeras vid sidan av televisionsapparaten som dessutom blev till en slags möbel. Till och med på EPA, som låg i närheten av Stäket, såldes det TV-prylar. »Vägra TV! Det kommer att förstöra landet. Bara en massa propaganda«, sa Ledde och försvann runt hörnet. Så skymtade hans mössa igen. »I Nöden finns inte en enda katt eller råtta som har TV. Inte ens vicevärden som för övrigt är en idiot!«

***

Det dröjde några månader innan jag träffade honom på nytt. Eftersom jag inte hade sett honom på länge, gick jag hem till honom. Det visade sig att han hade varit sjuk under den sällsynt långa och kalla vintern.

»Haft en sån rälig hosta«, sa han och pekade på den enda stolen som gick att sitta på. Själv halvlåg han i sängen.

»Du kanske måste gå till doktorn?« Han avfärdade omgående mitt förslag. Vi pratade om lite av varje och hamnade till slut på temat drömmar. Han hade drömt så mycket obehagligt under sin sjukdomsperiod. Visst fanns det drömmar och drömmar. Mardrömmar var det värsta han visste. Jag höll med honom. »Dessa makabra drömmar som man änte får nån ordning på. Där allt går fel. Allt blir snett och vint. Färgblandningen misslyckas. Nån idiot kör foten genom en nymålad tavla. Det värsta är att man inte vet hur man ska rätta till felen. Glaset är fullt. Men när man ska till att dricka ur det, är det plötsligt tomt. De é en verklig mardröm!« Jag bidrog med mina mardrömmar. Ledde lyssnade lagom intresserat. Han var ju sjuk så det fick man tänka på.

Jag lämnade mitt lilla bidrag om drömmar.

»En mardröm som är återkommande är när man inte får med sig allt sitt pick och pack när man ska resa hem. Jag reser visserligen aldrig mer än i drömmen. Gång på gång är jag i alla fall ute och reser men jag kommer aldrig hem. Vilken lycka det är när man vaknar och upptäcker att man är hemma.« Han nickade förstående till min föga distinkta men puerila utläggning. På eftermiddagen hade jag haft motgångar i skolan. Därför föll det sig naturligt att jag frågade honom om han aldrig blev arg.

»Blir du aldrig arg, Ledde?« undrade jag. Han dröjde med sitt svar. Till sist upprepade han:

»Arg? Klart jag blir arg iblann. Och då djävlar slår det gnistor. Det kommer över maj med blixtens hastighet. Det är som om den slatt ner. Eller som om nån plötsligt överfallit maj. Det är lia oväntat varje gång. Härom dan sa Söderberg nåt taskigt om min nya tavla. Då rann sinnet över!« Han tystnade men fortsatte strax:

»Jag ska fan ta mig döda dig, din djävel«, sa jag åt Söderberg. »När jag sen kom att tänka på att han var skyldig mig en sputnik blev jag ännu argare. Han lånar gärna sprit men lämnar aldrig tebaga när man själv behöver starkvaran. Sen efteråt när jag stillat maj, tänkte jag: Hur fan kunde den här situationen bli så laddad? Det var ju helt lugnt tills Söderberg dök upp med sitt förargliga flin.«

»Ta det så deckat iisy«, sa Söderberg lite nonchalant.

»Ju mer han bad mig att ta det lugnt desto argare blev jag. Jag blev så in i glödhetta förbannad. Det var som om han inte förstod vad jag kände.«

Långt senare i livet lärde jag mig en del om ilska. Det gjorde att jag förstod vad Ledde menade decennier efter vårt samtal. Aggressionen handlar bland annat om att den ilskne vill tvinga motparten till ett allvar som han inte känner. Ledde ville två saker. Få beröm för sin tavla samt få tillbaka sin sjuttifemma. En vanlig vodka Explorer. Den som han kallade sputnik. Ilskan är inget annat än en uråldrig panikreaktion som uppkommer då någon upplever att han håller på att stötas ut ur en gemenskap. Söderberg tillhörde trots sin relativa ungdom det gäng som höll till utanför Bolaget på Mårtenstorget. En viss status hade han skaffat sig. Han var en sann fixare. När nöden var som störst, trollade han på ett obegripligt sätt fram lite brännvin. Visst var han en riktig egoist men vem var inte det i gänget som höll till utanför Bolaget? Till det gänget hörde även Ledde från och till. Inte ville han bli av med den gemenskap som de törstiga trots allt hade.

Söderberg var yngst och han skulle inte komma här och mopsa sig. För övrigt hade han och Ledde vissa likheter. Söderberg hade jobbat som snickarlärling men tröttnat. Spriten hade han i likhet med Ledde tidigt kommit i kontakt med. När han fyllde femton, köpte hans farsa ut en sputnik till honom för första gången. Vilt gestikulerande med armar och ben förklarade pappan att sonen nu var vuxen. Söderbergs far var dövstum och levde på att fläta korgar som han sålde på torget varannan lördag. Sonen hade lärt sig teckenspråket hjälpligt. Till saken hör att Söderberg också spelade fotboll i samma lag som Ledde. De turades om att väcka varandra eftersom båda två hade en tendens att glömma bort att det var match på söndagen med avspark 13.30. När båda var för bakfulla infann sig ingen av dem till matcherna och till slut tröttnade Söderberg på fotbollen eller om det var fotbollen som tröttnade på honom. Hur som helst gillade Ledde trots allt unge Söderberg. Det gjorde han även om denne emellanåt kunde fälla korkade kommentarer och ta på sig en fräck, nosig uppsyn. Ledde kände igen sig i Söderberg.

***

Sven tog till orda när träningen var över. Det var några av spelarna i laget som han tyckte levde farligt, utanför fotbollsplanen. Nu tog han tillfället i akt när de satt där halvnakna, svettiga och försvarslösa.

»Jo, förstå ni, det ruggiga är inte bara skadorna av spriten, utan att den som har problemet, tappar kontrollen över sig själv å sitt liv.«

Han upprepade sitt budskap för alla som ville lyssna.

»Punkt sju é särskilt fin«, sa Sven: »Såsom Du själv blivit hjälpt skall Du hjälpa andra.«

Men det var få, om ens någon som lyssnade. Sven Persson var materialförvaltare i fotbollsklubben men han var också ordförande i Länkarna. Han hade lagt av med spriten och ville nu värva nya proselyter till Länkarna för att hjälpa på det sätt som han själv blivit hjälpt. Främst var han ute efter Ledde och Söderberg eftersom han alltför många gånger hade sett dem både fulla och bakfulla. Han gick rakt på sak utan några krumbukter.

»Ni två super för mycket«, sa Persson. »Så farlit é de änte«, sa Söderberg. Ledde nickade instämmande. Trots Perssons allvarligt menade råd, tackade de båda fotbollsspelarna vänligt men bestämt nej till Perssons erbjudande. De hade dessutom vissa motargument.

»Man kan väl änte vara med i två föreningar?« sa Ledde.

»Visst kan man det«, sa Persson bestämt. »Det är ju jag.« Sedan sa han något som han själv tyckte var väldigt klokt. »Att vi människor är rädda för det okända visar bara att vi redan känner det.« De stirrade häpet på honom. Ledde sa:

»Nu pratar han i nattmössan. Vi drar hemåt, Söderberg«, avslutade han sin mening vänd mot denne. Persson fortsatte emellertid oförtrutet.

»Att ni inte kan bestämma er själva för att avstå från spriten, fast ni innerst inne vill, är det mest tragiska. Era eventuella beslut håller inte. Aldrig mer, säger ni i bakruset men nog fan är ni sen på det igen! Det är skitsnack att viljan är fri. Det är den inte. Ni är fångar i spritens rusiga hav av dimmor.«

De tittade begrundande på Perssons magra gestalt och fårade panna. Han såg ut som en predikant i uppsynen. »Fånge kan du vara själv«, ropade Söderberg och hoppade upp på cykeln som han lånat från ett cykelställ på Clemenstorget.

När Persson kom hem till bostaden som låg på Lokföraregatan på väster, sa han till sin fru som väntade med middagen: »Spritdjävulen liknar livet till sjöss. Man får hela tiden se upp för grynnor och isberg. Självmord sker i förtvivlan eller vansinne. Och man kan inte ringa efteråt och beklaga sig över beslutet. De döda ringer aldrig.« Hustrun tittade bekymrat på sin make som såg så nedslagen ut.

»Vad är det som har hänt?«, undrade hon med oro i rösten. »Har du börjat supa igen?« Persson sjönk ner i den nedsuttna, slitna soffan från Lindéns på Bytaregatan. Suckade djupt och sa:

»De é då själva fan att det änte blir nån ordning på fotbollslaget med de förmågor vi har.«

Ibland undrade jag varför jag sökte upp Ledde. Jag undrade också hur mitt framtida liv skulle gestalta sig. Skolan var en plåga med ständig ångest för att inte klara proven och läxförhören. Ledde verkade inte ha några krav på sig sedan han blev en fri man utan fasta arbetstider. Mest undrade jag över det faktum att han tog sig tid med mig. Vad fick han ut av att prata med en vilsen skolpojke? Visserligen blev även jag ett år äldre för varje år som gick. Om jag blev så mycket klokare var jag osäker på. Men ändå. Jag bestämde mig till slut för att fråga honom rakt på sak om sådant som jag inte fick något riktigt grepp om.

»Varför blev du konstnär, Ledde?« Han gned sig länge på hakan med långfingret i långsamma, cirklande rörelser.

»Konstnär?« Han hummade och sa: »Skånes bäste gatumålare menar du väl?« Han gned av lite färg som hade hamnat på kinden och tillfogade:

»Valenta är osse bra. Synd bara att han har så förbannat svårt med att måla av domkyrkan.« Han hummade på nytt varefter han sa med mycket låg, nästan viskande röst:

»Jag tror att beträffande ungdomen dras de till konsten av ett enda skäl. Det är drömmen om att slippa anpassa sig till tjuv- och rackarsamhället. Mina målningar? Ja, de é bara skit! Någon erkänd konstnär blir jag aldrig. De é friheten och känslan det liksom handlar om för mig.« Jag funderade en lång stund. Sedan sa jag: »Måste man vara fri?« Han tittade begrundande på mig och svarade.

»Ja. Det måste man.« Det var inte utan att jag häpnade över hans slutsats men kanske hade han rätt. Kanske var han onykter, kanske inte. Hur det än förhöll sig med den saken förklarade Ledde därefter lite abrupt att han inte hade tid med mig längre.

»Titta in om två veckor. Då är jag ledig.«

»Ledig? Du är väl ledig jämt«, sa jag i mitt puerila oförstånd. Precis när jag grenslade cykeln och skulle ge mig iväg, fick jag några ytterligare visdomsord av den slagfärdige gatumålaren.

»För att bli målare måste man lära sig älska det man ser. Ser du en gatdjävel så måla då av den. Precis som du ser den. Inte vad andra säger att du ska se den som. I så fall kan man köpa ett vykort för tjugofem öre. När jag målar Adelgatan för nittiosjunde gången har jag sett något nytt.«

II

11 Klippön

Till slut hade Ledde fått ta del av hela släkten Madsens historia. Det började med att Jesper berättade om Bornholms historia. Sedan fortsatte det med vad som hänt hans anfäder. Jesper Madsen var suverän på att berätta. Det hade han lärt sig av de äldre på ön under de mörka vintermånaderna. Nu gjorde han som han lärt sig. Höll spänningen vid liv. Serverade berättelsen i lagom stora portioner. Egentligen passade det Leddes kynne utmärkt. Då hade man något att se fram emot. En kväll kände sig Jesper vid tillräckligt god vigör för att orka fortsätta sin berättelse. Ledde hade förvånansvärt nog inga invändningar. Han hade ändå ingenting att göra. Ett skadat finger hindrade honom från att måla. De slog sig ner vid köksbordet med varsin öl.

»Låt mig börja redan på 1600-talet«, sa Madsen högtidligt som om han vore historielärare. »De e som att sitta på skolbänken igen. Jag hoppas änte dé blir nått förhör«, flinade Ledde. Jesper log brett. Sedan började han berätta med sin behagliga röst.

»I början av 1600-talet var de små öarna, de så kallades Ertholmene, helt öde. Bornholmarna använde dem endast som övernattningsplatser under sillfisket. Någon bofast befolkning fanns inte. 1658-60 tillhörde holmarna Sverige som en följd av den för Danmark så olycksaliga freden i Roskilde 1658. Då avträdde Danmark till Sverige Skåne, Blekinge, Halland, Bohuslän och Bornholm. Dessutom avträdde Norge slottslänet Trondhjems Amt till Sverige. Det var också hotet från Sverige som ett par årtionden senare satte ögruppen på den militärpolitiska kartan. Då kriget åter brutit ut mellan Danmark och Sverige, ingicks en sammansvärjning under ledning av prästen Poul Ancher och kapten Jens Kofod. De lyckades i december 1660 överrumpla och tillfångata den svenske befallningsmannen, överste Johan Printzenskold i Rønne. Vid ett flyktförsök sköts han till döds och nästa dag blev den kring ön spridda svenska besättningen övermannad och likaledes garnisonen på Hammershus. Bornholm inklusive holmarna förklarades som danskt.

1680 började svenskarna bygga en stor örlogsbas i Karlskrona.

Vi danskar behövde en strategisk motvikt. Valet föll på Ertholmene eftersom de hade en skyddad naturhamn mellan två klippskär. På 1680-talet startade byggnadsarbetet på order av kung Christian V. Så blev Ertholmene synonymt med fästningen Christiansø. Det var ett imponerande bygge i granit. Den bröts direkt på platsen och lämnade efter sig otaliga ärr i berggrunden. Fästningen blev bara en episod i historieböckerna. Danmarks tidigare så starka ekonomi försvagades väsentligt när de lierade sig med Frankrike. Napoleons krig var kostsamma.« Jesper gjorde en paus varefter han fortsatte.

»Danmark fick betala ett högt pris för valet att alliera sig med Frankrike. Som en följd av Danmarks allians med Frankrike utsattes landet för flera förödande angrepp från den brittiska flottan. Första gången 1801 när britterna under amiralen Horatio Nelson attackerade Köpenhamn. En enda gång mullrade kanonerna för fullt på Christiansø. Det var under Napoleonkrigen hösten 1808. En brittisk eskader lade sig på redden och besköt fästningsverken under några intensiva timmar.

»Vi danskar besvarade elden med vårt grövsta artilleri som dock var begränsat«, berättade Jesper entusiastiskt.

»Vi och vi!« protesterade Ledde vilt. Håller du änte på svenskarna, som i fotboll?« Jesper nonchalerade Leddes inlägg och fortsatte lugnt sin berättelse.

»I alla fall blev resultatet klent för båda sidor. Jag vill minnas att engelsmännen lyckades döda sex tillfångatagna svenska matroser som var i dansk tjänst. Så inträffade några missödena. En gammal dam som var ute för att få lite frisk luft träffades av en vilsekommen bomb. Hon dog omedelbart. Den danska mörsaren som besvarade engelsmännens eldgivning sprack redan vid avlossandet av det första skottet.«

»Stackars kvinna«, kommenterade Ledde impulsivt. Jesper lät sig inte hejdas av kommentaren utan fortsatte ivrigt berätta.

»Den kanske märkligaste episoden inträffade betydligt tidigare. 1716 gästade Peter den store av Ryssland fästningen. Tsaren defilerade med hela den ryska flottan. Man ville ta tillfället i akt att stärka vapenbrödraskapet länderna emellan mot Karl XII. Tsaren med följe stannade ett dygn. Därefter följde en radda av händelselösa år. Christiansø blev tidigt en förvisningsort för missdådare, sinnessjuka och livstidsdömda.« Nu vaknade Ledde till liv igen och frågade:

»Varför det?« Jesper såg ut att tänka.

»Även folk som var obekväma i största allmänhet kunde ha oturen att förvisas till ön. De var sin tids politiska fångar men det nämndes aldrig i historieböckerna.«

»Det låter nästan som Alcatraz och Al Capone«, inflikade Ledde. »Världens rymningssäkraste fängelser på grund av det kalla omgärdande vattnet med starka strömmar.« Ledde lät tvärsäker.

»Ändå fanns det en grupp fångar som försvann från fängelset och som man aldrig återfann«, lade han till.

Att det var Valenta som berättat detta, behövde inte Jesper få veta. Valenta läste förresten allt han kom över.

Jesper fortsatte. »På kornet, Ledde! Så var det. Man ansåg helt enkelt att Christiansø var helt rymningssäker. Bara en utpräglad dåre skulle komma på tanken att försöka rymma därifrån. Många kunde dessutom inte simma. Beträffande själva fästningen hade erfarenheterna från 1808 och alliansen med Frankrike pekat på, att såväl befästningar som beväpning, var i stort behov av förbättringar. En del gjordes men inget kunde hindra att fästningen snabbt föråldrades.«

Jesper pausade men tog snart åter fatt i berättelsen. »Jag tror att det var omkring 1855 som fästningen spelat ut sin roll. Det var i alla fall det året som den lades ner. Garnisonens soldater hade haft tillåtelse att fiska när tillfälle gavs. Många av de avdankade soldaterna ville stanna kvar på Christiansø som fiskare. Det medgavs och så byggdes ett blygsamt men fungerande civilt samhälle långsamt upp.« Jesper rätade på ryggen och sträckte upp båda armarna i luften. Gäspade och sa:

»Det här får räcka för idag.«

Historia i all ära men ibland kunde det bli för långdraget och invecklat. Det tyckte nog också Ledde, för han sov redan gott på sin slitna kökssoffa.

12 Dagboken

Jesper besöker sin mor Helle. Det var ett bra tag sedan sist. Han vill ta reda på både det ena och det andra. Vem var hans far? Det är den mest angelägna frågan. Något tillfredsställande svar har han aldrig fått av Helle. »Han försvann under kriget«, är moderns standardsvar. Jesper nöjer sig inte längre med hennes förklaring. Den är ofullständig. Det måste finnas mer information att inhämta. Morbröderna teg också då han frågade dem under uppväxten. Emil Madsen visste nog. Det är Jesper övertygad om. Vad hjälper det när nu både Emil och hans hustru Mariette är borta. Återstår Knud Madsen, Emils bror. Så länge Jesper befinner sig i ovisshet förmår han inte koncentrera sig på sina studier. Modern undrar stillsamt hur det går för honom i Lund. »Det tar vi sen«, svarar han en aning vresigt. Modern bor inte längre på Christiansø. Hon har flyttat till Allinge sedan hennes man, fiskaren Svend Jensen gick bort i en svår storm för några år sedan. Jesper hade inget emot den tystlåtne Svend men han lärde aldrig känna honom. Året efter moderns giftermål flyttade Jesper hemifrån. Han tycker inte att han känner sin mor särskilt väl. Har han någonsin gjort det? Har hon inte åldrats? Blivit lite tunnare. Förändrats på något sätt även till sinnet.

Han väntar bara på att bli ensam. Helle undrar om Jesper vill följa med ut i byn. Den är inte så stor men trevlig. Hon ska bara uträtta några ärenden. Han ruskar avvärjande på huvudet. »Gå du, mor«, uppmanar han modern.
När hon äntligen lämnar huset några timmar senare, passar han på att leta igenom det lilla huset som hon numera bor i. På bottenvåningen finner han inget intressant. Han är på väg att ge upp. Modern har mest sparat triviala saker som inte intresserar honom. Det slår honom att det finns en vind. Han tar sig upp för en knagglig trästege. Letar bland en massa bråte. När han är på väg att ge upp hittar han av en ren slump en bok. Han hittar den i en dammig sjömanskista. Boken är invirad i en tygtrasa. Det förefaller vara en slags dagbok. Han bläddrar förstrött i den. Dagboken är inte skriven i kronologisk ordning. Vissa sidor är daterade, andra inte. Det blir till att lägga pussel. Jesper tar det som

en utmaning. Spänningen ökar. Kanske kan dagboken ge några ledtrådar? Några sidor är utrivna här och var. Andra är svåra att läsa och texten svag. Dagboken handlar till Jespers förvåning inte huvudsakligen om modern och heller inte om hennes föräldrar. Den handlar om en man som heter Friedrich. Honom har Jesper aldrig hört talas om. Vem är han? Är han verkligen dansk? Inte heller är det hans mor som fört anteckningarna. Nej! Stilen är definitivt inte hennes. Pikturen är liten men kraftfull. Dessutom är den på tyska med några få danska ord här och var. Jesper förstår hjälpligt tyska. Av dagboken framgår att kriget går allt sämre för Tyskland. Varför skriver dagboksförfattaren om det? *Vem är han?* Han skriver att danskarna egentligen liknar tyskarna i mångt och mycket. Danska är inte så svårt att förstå. En sida i dagboken är utriven precis på ett ställe som förefaller särskilt informativt. Jesper ger ifrån sig en svordom. Han får till slut ihop sammanhanget någorlunda. En del noteringar är direkt triviala. Handlar bara om väder och vind. Andra är djupare eftersom de handlar om kärlek och längtan. Jesper läser med stigande spänning. Klart att mannen som skrivit i dagboken är tysk. Men vad har mannen med hans mor och hennes familj att göra? Varför har hon sparat dagboken? Och dessutom gömt undan den på vinden? Han läser ett avsnitt på måfå.

***

Det är strax före jul. Natten är nu som längst och dagsljuset som sämst. Båten rullar i resterna av den gamla dyningen. Himlen är gråblå och i diset mot horisonten österut skymtar några vaga konturer. Han för befälet över den pluton som ska övervaka Christiansø. Han finner det en aning patetiskt. Det är nästan så han kostar på sig ett leende där han står i fören. Ön består bara av några karga skär på ett avstånd av tolv distansminuter från Bornholm. Mitt ute i Östersjön ligger den. Varför ska den besättas? »Strategiskt viktigt militärt läge«, säger hans chef, Sturmbannführer Eckardt Schultze. Han säger naturligtvis inte emot. Hans tankar om Schultze är inte höga. Rå, obildad och korttänkt. En typisk produkt av SS. Skönt att denne fått en annan kommendering.

Christiansø eller Ertholmene, som hela den lilla ögruppen egentligen heter, är plutonens nya förläggning den närmaste tiden. Öarna verkar klamra sig fast bakom fästningsmurarna på den vindpinade gamla örlogsbasen. Christiansø är en av de mest isolerade platser man kan tänka sig. På nytt frågar han varför man skall besätta denna lilla ögrupp. Denna gång riktar han frågan till Hauptsturmführer Herbert Müller. »Strategiska skäl«, påstår även denne. Sedan tillägger han: »Ein Geheimniss, meine Herren!« Det blir Müllers avskedsord då mannarna lämnar Bornholm för Christiansø. Snart ska de återkallas till Bornholm men det vet de ännu inte om. Just nu befinner de sig så långt österut i Danmark som man bara kan komma. Postbåten från Gudhjem är livsnerven. Den ska hållas igång av öborna på tyskarnas order. En timmes båtfärd får man räkna med så här års. Oftast i gropig sjö. De öbor som emellanåt besöker sina släktingar på «landet» som man kallar Bornholm, kan inte komma hem samma dag utan måste övernatta. Då förbjuder tyskarna alla besök på Bornholm. Ingen överfart får ske med undantag av postbåten som sköts av den unge Niels Holt-Svendsen. En tysk soldat patrullerar på kajen. När han efter avlösningen är på väg tillbaka till förläggningen, stöter han på en äldre dam. Soldaten får ett infall. Han bestämmer sig för att prata med henne. Ser hon inte lite judisk ut? Är det en flykting som gömmer sig ute på klippön? Han tänder en cigarett. Går tätt inpå kvinnan. Blåser med ett hånleende ut röken rakt i ansiktet på henne. Är hon judinna? Han är nästan säker på det. Den ständiga blåsten skingrar snabbt röken men hans beteende är inte att ta fel på. Han vill förolämpa henne. Kränka henne. Begriper hon tyska? Naturligtvis. En flykting som med lite tur lyckats ta sig till den lilla ön för att gömma sig. Han ska nog ta reda på vem hon är.

»Hur är det för en judinna att bo på en klippa i havet under de långa mörka vintermånaderna?« Den äldre damen som är klädd i en gråsvart sälskinnspäls ser föraktfullt på honom. Hon svarar honom inte. Han upprepar sin fråga.

»Antworten, bitte!« vrålar han. Han ser att hon förstått vad han sagt vilket hon inte vill låtsas om. Damen rynkar bara på ögonbrynen. Spottar sedan på marken varefter hon säger:

»Tvi! Det är vi som ska undra vad ni gör här! Vad har ni tyskar här att göra?« Hon räcker ut tungan åt soldaten.

»Achtung!« ropar tysken. Den gamla damen fräser, »Schweinehund!« Med ett enda kraftigt slag med gevärskolven tystar han henne. Hon faller kvidande till marken med blodet forsande från ansiktet.

Soldaten fortsätter promenaden till sin förläggning. Kvinnan kravlar sig så småningom upp och beger sig stapplande hem.

Tyskarna har sent omsider kommit även till de yttersta öarna. Det är uppenbart. Den första brutala incidenten har inträffat. Kvinnans anhöriga klagar nästa dag hos det tyska befälet utan framgång. En man i nedre medelåldern som påstår att han är den misshandlade kvinnans son, för mest väsen. Han är starkt upprörd. Det enda resultatet är att han får befälet på dåligt humör. »Det blir inte lätt i fortsättningen om ni inte underordnar er!« Löjtnanten spänner ögonen i mannen. Denne andas häftigt och kan inte kontrollera sin upprördhet. Han vrålar rakt ut i luften:

»Ni beter er som barbarer! Är det något som vi danskar är utleda på, så är det tyska soldater.«

»Ruhe bitte, Ruhe!« säger löjtnanten. Men sonen till den misshandlade kvinnan är rasande. Underläppen på honom darrar. Så måttar han oväntat ett knytnävsslag mot officeren som dock smidigt avvärjer slaget.

Nästa morgon låses öbon in i en cell i den gamla fästningen. Rüttel måste statuera exempel. Annars tappar han snabbt greppet. »Ordnung muss sein.« Det går inte att kompromissa även om hans underlydande, SS-mannen Rudolf Dorf är en rå sälle. Soldaterna möts av misstänksamma blickar var de än befinner sig på den lilla ön. Trots att ockupanterna bär vapen i händerna, är de osäkra. Det märks på deras vaksamma, fladdrande blickar. Snart vet alla öborna vad som inträffat. Krogvärden Emil Madsen som Rüttel nu har inkvarterat sig hos, hälsar korthugget. Någon gästvänlighet visar han inte prov på. Madsen säger:

»Alt er ju egentlig lukket og det er juleferie.«

Han låter förstå att krogen egentligen är stängd. Han har öppnat den på nåder för Rüttels skull eftersom denne numera är öns vakthavande befäl. Rüttel noterar Madsens sarkastiska underton.

»Stille Nacht, heilige Nacht«, nynnar Rüttel och blir plötsligt sentimental.

»Es ist Weinachten.« Det är jul. Julefrid bör råda. Lever hans föräldrar? Lever hans syskon? När ska det fördömda kriget ta slut?

***

Synerna han vill glömma kommer upp trots att han kämpar emot. Stalingrad. Liken som ligger i kratergroparna. I stadsruinerna. På det som en gång varit en gata med en massa hus. Lik efter lik vart man än ser. Nästan oigenkännliga med bortsprängda lemmar och huvuden. Det går inte längre att se vilka som är vilka. Är det de egna eller är det ryssar? Tyskarna har bara avancerat några få meter. Nu liknar det inte längre en stad. Artilleriet har gjort sitt liksom granatkastarkompaniet men det räcker inte. Varför understödjer inte Luftwaffe? Var är den fege Göring och hans attack- och bombplan? Rüttel föreställer sig att han har dödat åtskilliga sovjetsoldater vid den första framryckningen. Men det har han inte. Åtskilliga av hans avlossade skott har uppenbarligen totalt missat fienden. Det måste ha varit hans egna soldater som träffat några av de försvarande ryssarna mitt i prick. Allt är kaos. Men ryssarna skickar hela tiden fram nya styrkor. Var kommer alla ryssarna ifrån? Varför ger de inte upp? Han förstår inte. Det stämmer inte den militära logik han har lärt sig. Varför får de inte något understöd? Sedan inser han att de är instängda. Fångade i en fälla. Han hinner inte reflektera vidare förrän en bomb kreverar alldeles intill honom. Döden finns överallt och inträffar varje minut tills äntligen kapitulationen kommer några dagar senare. General Paulus har vädjat till Hitler. Som högste befälhavare måste Führern ta sitt förnuft tillfånga. I den fullständigt hopplösa situation som råder i det inringade Stalingrad i slutet av januari 1943 har general Paulus till slut bett Hitler om att få göra det enda rationella – kapitulera! Hitlers svar är kristallklart. »Kapitulation är omöjlig! Den sjätte armén ska fullgöra sin historiska plikt i Stalingrad till sista man, till sista patron.« Adolf Hitlers svar till Friedrich Paulus är skoningslöst kategoriskt. Det är ett mycket typiskt svar från Hitler. Kompromisser är inte Führerns melodi.

31 januari 1943

Hitler befinner sig i Wolfschantze beläget djupt inne i de ostpreussiska skogarna. Han är rasande men kan inte göra något åt vad som händer vid Stalingrad. Det blir aldrig någon stor dramatik när kapitulationen sker. Det blir ingen »heroisk kamp till sista patronen« och inget dramatiskt självmord. Striderna sinar. De bara upphör. Tystnaden plötsligt total. Sen hörs ett brak när några husrester faller till marken. Så är det åter tyst som i graven. Generalen Friedrich Pau-

lus kommer orakad och hålkindad upp ur sitt högkvarter som finns i källaren under Univermag-varuhuset i södra Stalingrad. Det är vid lunchtid denna förnedringens dag som det sker. General Paulus är en lång magerlagd man på femtiotre år. Han ser betydligt äldre ut. Ute är det svinkallt. Nästan trettio minusgrader. Fältmarskalk Paulus är sliten, deprimerad och medtagen när han överlämnar sig till löjtnant Fjodor Ilchenko i Röda Armén. En dag innan kapitulationen, har Rüttel turligt nog förts bakåt av en sjukvårdare och sedan transporterats hemåt. Stalingrad är helvetet på jorden. Han har upplevt det. Men han har överlevt det.

***

Emil Madsen är bestämd. Han beter sig som om han vore befäl, vilket han på sätt och vis är. Åtminstone över sin egen krog. Tysken ska vara glad att han får mat serverad. Egentligen borde han skjutas med sälbössan. Emil säger med sin djupa basstämma: *Det er frokost klokken 12. Ikke fem i, ikke fem over, uden exakt 12.00.* Rüttel gör ställningssteg och bugar stelt. Frokosten, lunchen alltså, smakar inte fullt så bra som han förväntat sig. Krogvärdens vrånghet påverkar hans aptit. Rüttel kommer vid den sämsta tänkbara tidpunkten. Madsen vet ännu inte att tyskarna anlänt med bara en pluton under befäl av Friedrich Rüttel. Inte heller vet han att endast ett fåtal soldater ska stanna kvar och att resten av plutonen snart ska återvända till »landet«. De behövs bättre på Bornholm i krigets slutskede. Till slut är således Rüttel den ende kvarvarande officeren tillsammans med sin kalfaktor. Denne skickar han för övrigt iväg så fort han kan. Sedan är han helt ensam och kan avvakta hur kriget går. Om det bara kunde ta slut! På Bornholm avvaktar tyskarna. Är det de allierade eller ryssarna som ska invadera ön?

4 maj 1945
Nu sker en upptrappning. 23.000 tyska flyktningar befinner sig i Nexø hamn på Bornholms östkust. De överlever det ryska bombanfallet.

13 december 1943

Idag anlände vi med kompaniets landstigningsbåtar till Bornholm. Förmiddagsljuset var gyllengult. Det var i svinottan den där ovanligt kyliga decembermorgonen. Om det inte hade varit för att solen stod i sydost i stället för i nordost hade jag inte vetat vilken årstid det var. Rønne förefaller lugnt. De tyska soldater som finns på plats sedan våren 1940 klarade av att ockupera snabbt och effektivt. Vårt kompani förläggs temporärt till Dueodde. Sambandet med Rønne är upprättat. Tiden går långsamt och tjänstgöringen är enahanda. Det är emellertid skönt att ha sluppit ifrån striderna på östfronten med livet i behåll. Ren och skär tur att endast ett knä och vänster axel skadats av granatsplitter. Men vad som har hänt inne i mitt huvud vet jag inte. Det surrar ständigt. Nätterna är fortfarande fasansfulla. Mardrömmarna kommer och går.

14 januari 1944

Ändrade order. Nu ska jag i spetsen för en mindre enhet bege mig från Bornholm och vidare till Ertholmene/Christiansø. Tillhör inte ögruppen Bornholm? Vad i hela friden ska det vara bra för? Varför har ingen ordinarie kommendant utsetts över hela ön? Den besattes ju redan 1940. Den tillförordnade kommendantens order måste dessvärre följas. Jag litar inte på honom. Han super mest och betraktar kommenderingen till Bornholm som en slags semester. Otroligt. Han borde ställas inför krigsrätt. Order är order. Om jag och mina underställda ska inta Christiansø får det bli så. Himmelen är decembergrå när vi ger oss iväg från Gudhjem. Östersjön reser ilsket ragg i den friska nordvästvinden. Nu är jag snart förvisad till att bo på en klippa långt ute i Östersjön på denna gudsförgätna ö. Med mig har jag min pluton. Den är inte fulltalig.

8 februari 1944

Order från den kommendanten i Rønne att behålla högst två, tre soldater. Resten av plutonen ska bege sig till huvudön. Där ska de fortsätta att hålla Bornholm. Strider är att vänta om ryssen får för sig att ingripa. Jag, Obersturmführer Friedrich Rüttel, är nu den ende officeren på Christiansø.

28 februari 1944

Jag saknar mitt gamla kompani. Någon att prata med. Kompani-

kamraterna känner jag utan och innan. Jag vet vilka jag kan lita på. Inte är Christiansø så mycket att besätta men order är order. Nu är uppdraget sedan länge genomfört. Egentligen var det inte så mycket att ockupera. Det bor bara femtiosex bofasta personer på tjugofem hektar granit. En granitklippa som en gång i tiden fungerat både som örlogsfästning och fängelse. Nu har den på nytt samma funktion fast i mindre skala. Plutonen är förlagd i den ockrafärgade fästningen. Jag har tagit emot den senaste ordern. Order att snart återvända till Bornholm. Till hamnen i Gudhjem och sedan transport till Nexö, Dueodde samt Rønne. Innevånarna på den lilla ön sluter sig allt mer samman. Går bara utomhus när de absolut måste. Vem vet. Kanske beter de sig annorlunda när plutonen så småningom lämnar ön.

2 mars 1944

Solen lyser då båten angör Christiansø för att hämta mina soldater. De lämnar småöarna för ett fortsatt ovisst öde. Jag vinkar omilitäriskt av dem. I fortsättningen för jag bara befäl över mig själv och två soldater. De fungerar som mina allt i allo. Befehl ist Befehl. Order är order. Heil Hitler! Inte tänker jag gapa det till min två underlydande. Någon övertygad nazist har jag aldrig varit. Jag längtar bara intensivt efter att kriget snart ska ta slut. Krig är ett helvete. Hittills har jag överlevt trots att jag deltog i slaget vid Stalingrad. Hur jag skadades allvarligt och forslades tillbaka till Tyskland minns jag inte. Allt var kaos. Belöningen blev några veckors sjukpermission och därefter kommenderingen till Bornholm. Till en klippö som Christiansø hade jag inte räknat med att komma. Samtidigt är det lugnt. Min stående order är att vara i ständig kontakt med den tillförordade kommendanten, fyllskallen Schultze. Varför utser inte sjökommandot i Kiel en duktig, ordinarie kommendant?

Det finns en ljusglimt på ön. Imorgon ska jag skriva mer om henne.

***

När Bornholm ockuperas 1940 tänker tyskarna bygga fyra landfasta kanonbatterier på ön. Närmare bestämt på Dueodde. De kanoner som ska ställas på plats på fundamentet är trettioåttacentimeters, det vill säga av samma typ som används på större pansarkryssare. Avsikten är att dessa kanoner ska användas för att genom eldgivning blockera farvattnet både söder och norr om ön. Speciellt avses den sovjetiska flottan. Räckvidden på kanonerna är femtiotvå kilometer. På Lyttestationen på Dueodde görs även försök med fjärrstyrning av torpeder. På våren 1941 står emellertid bara två av kanonställningarna klara. Egentligen är de bara halvfärdiga. De enorma betongfundamenten i skogen utanför Dueodde besätts därför aldrig som planerat. Rüttel menar att det saknas ingenjörskunniga soldater för att fullfölja projektet. Inte heller drev den tillförordnade kommendanten projektet tillräckligt målmedvetet. En tysk kommendant med erfarenhet och kunskap tillsattes alltför sent. von Kamptz hade behövts långt tidigare. I krigets slutskede är Bornholm fortfarande ockuperat medan det övriga Danmark befriats av allierades trupper. Generalen von Saucken är en skicklig pansarofficer. Han har tjänstgjort på ostfronten och dekorerats för sina insatser. Strax därefter avsätts han men återinsätts i krigets slutskede.

Nu har han fått en fullständigt vettlös idé. Han vill skicka en pansararmé på 250.000 soldater till Bornholm. Det ska ske i etapper med 10.000 man om dygnet. Hans förslag genomförs aldrig. Dessutom står inte en sådan armé att uppbringa. Den tyska krigsmakten håller sig kvar in i det sista. Uppgiften är att säkra en flyktväg för civila från östfronten. De baltiska soldaterna flyr till Sverige. Rüttel hyser samma planer. Ta sig till Sverige men inte från Nexø. I krigets slutskede nekar den tyske kommendanten på Bornholm att kapitulera till Sovjetunionen. Vad menar von Kamptz? Rüttel tycker det är vansinne. Varför ger han inte upp? Kriget är ändå förlorat. Kommendanten vet emellertid att de allierade har kommit överens om att det är Storbritannien som ska befria Danmark. Det medför att Bornholm inte befrias den 5 maj 1945 som övriga Danmark. Sovjetunionen bombar Rønne och Nexø den 7 respektive 8 maj 1945. De första sovjetiska trupperna landstiger på eftermiddagen den 8 maj. Några få timmar senare sker Tysklands totala kapitulation. Den träder i kraft vid midnatt den 8–9 maj 1945. Först den 9 maj ger tyskarna upp vilket medför att tiotusen ryska soldater stannar på Bornholm i nästan ett år. De sista sovjetiska soldaterna lämnar ön först den 5 april 1946.

Mars 1945

Rüttel känner sig som den inkräktare han faktiskt är. Han ber nästan om ursäkt för sin närvaro men hejdar sig. Är han kanske inte trots allt tysk officer? En sådan uppträder med självklar auktoritet. Har han inte förändrats under sin vistelse på den fridfulla klippön långt ifrån striderna? Det verkar inte bättre. Styrkt av varm mat, öl och snaps går han ut på *Gaden*, Christiansøs huvudstråk. Inte en människa syns till. Huvudstråket löper mellan två mycket långa gamla kaserner där soldater i alla tider bott under sina kommenderingar till ön. Sedan den danska flottan lämnade ön 1855 har ingenting förändrats. Längs Gaden finner man de inrättningar som öborna behöver för ett drägligt liv; en postbod, en torftig sjukstuga utan läkare, ett litet hamnkontor, en minimal handelsbod samt krogen som en av bröderna Madsen driver. Det är en vitkalkad byggnad i närheten av fyren. Krogen ger inte många jobb. Fisket är huvudnäringen men det är problematiskt med alla u-båtar, örlogsfartyg och minsvepare som stryker runt ön. Vintern går åt för att hålla ön i gott skick så att inte de små husen blåser bort. Att halva befolkningen har flytt ön är inte sant. Endast en familj gav sig av innan tyskarna landsteg våren 1940.

Kyrkan behöver ett nytt tak. Det bekymrar öborna men det får bli en senare fråga. Kajen samt bron som går över till systerholmen Fredriksö, behöver också repareras. Det gör däremot de tyska soldaterna för att ha total kontroll. Fiskarna måste fiska trots farorna. Laga garn, salta in sillen. Den lilla befolkningen tänker härda ut. Någon gång måste kriget ta slut. En ung kvinna hänger tvätt i det osannolikt milda vädret. I kjolarna hänger två små barn. Öborna verkar upptagna med sitt. De tittar hellre bort än ger sig i lag med ockupanterna. Rüttel har anpassat sig till livet på ön. Han har lärt sig tycka om den rökta sillen. Den som Helle lägger på rågbröd med stekt lök. Idag har hon dessutom lagt en rå äggula på toppen. En Schnaps och en öl därtill gör honom på ett sällsynt gott humör. Även danskarna kallar till hans förvåning

brännvinet för snaps. Han börjar tycka att hans kommendering
så här långt ut i Östersjön ändå inte är så tokig. Han slipper stri-
derna. Fronterna. Ändå finns hans undran kvar. Vad har Foster-
landet, *das Vaterland,* för glädje av att han bevakar några danska
klippor och skär? De barska, tystlåtna öborna som består av en
samling fiskare med familjer, kunde gott ha lämnats ifred. Han
säger det inte högt men han menar det. Kriget är ändå förlorat.
Det är han sedan länge helt övertygad om. Detta vansinniga krig
som Führern störtade den tyska nationen i. Han vet inte ens vad
som händer på fastlandet; i Berlin, i resten av världen. Kommu-
nikationen blir sämre och sämre. Disciplinen bland soldaterna
har försämrats säger obekräftade rykten. De mest nitiska befä-
len hotar med krigsrätt och säger att de soldater som finns för-
lagda till Bornholm har det lika bra som i en tysk Kindergarten.
Danskarna är i stort sett fogliga. Det ändrar sig efter hand. Den
motståndsrörelse som finns håller till på Jylland, Själland och i
Köpenhamn. Om nu Gestapo hittar den. Danskarna är listiga.

***

Friedrich Rüttel har bestämt sig. Han ska desertera. När det ex-
akt ska ske, vet han inte. Hur det ska gå till, har han ännu inte i
detalj tänkt ut. Ett alternativ är att stanna kvar när de egna trup-
perna förr eller senare lämnar Bornholm. Kanske blir scenariot
ett helt annat vid en invasion av de allierades styrkor. Frågan är
därför om detta alternativ är realistiskt. Han kommer fram till
att så inte är fallet.

Under tiden på ön har han kommit närmare Emil Madsen och
hans familj. Dottern Helle är söt. Rågblont hår och liten och nätt
figur. Hennes vänlighet verkar naturlig. När ingen ser på, ler hon
blygt mot den tyske officeren. Han ser onekligen bra ut trots sina
bekymrade rynkor i pannan. Hon upplever honom som oväntat
mjuk och vänlig. Är det bara mot henne och hennes familj? Hon
vet inte. Helle funderar på om hon rent av är förälskad i honom.
Hon vet att han heter Friedrich i förnamn. Hon uttalar tyst hans
namn. Om hon verkligen är förälskad i honom blir det genast än
mer komplicerat. Hon är kär i honom! Varför tänker hon annars

på honom varje natt som hon gått till sängs? Friedrich för sin del
är kär som en klockarkatt. En förstulen smekning på hennes
hand då hon serverar honom mat är början på deras kärlekshis-
toria. Den som ingen av dem vet hur den ska sluta. Nu gäller
det att koncentrera sig på flykten. Kunde kanske Knud Madsen
ta honom med ifrån ön i sin båt? Knud är bror till krogvärden
Emil Madsen. Bröderna har goda förbindelser med sjöfarande
men framför allt Knud. Båda bröderna anser att det är bättre att
Friedrich stannar på ön tills freden kommer. Någon gång måste
kriget ta slut. Men vad händer när man i det tyska kompaniet
på Bornholm saknar honom? Rüttel är fundersam. Kanske är
hans kompanikamrater fullt upptagna av att strida mot de al-
lierade? När han slutar att avge sina händelselösa rapporter till
kommendanten, kommer väl denne att reagera? En rapport är
ändå en rapport. Kommer det ingen, förstår von Kamptz, den
sent utsedde kommendanten, att något är på tok. Friedrich är
det ende tyske militären på Christiansø. Öbefolkningen har vant
sig vid honom. De är nog därför som de förefaller något mindre
barska. Han gör ingen något förnär. Öborna växlar till och med
ett och annat ord med honom. Friedrich hjälper till utan att nå-
gon ber honom. Gör smärre reparationer. Han lär sig till och med
att laga fiskegarn. Det uppskattas. Ju längre tiden går desto mer
meningslös känns tjänstgöringen.

Knud har lagt undan lite fiskekläder och proviant oavsett vilken
flyktplan som ska följas. Dessutom har han ordnat ett danskt
pass i vilket det står Carl Bentsen. Madsen har en son som bor i
Svaneke på nordöstra Bornholm. Han har lyckats ordna ett för-
falskat pass genom sina kontakter med den danska motstånds-
rörelsen. Varför hjälpa en tysk officer?

Familjen Madsen har lärt känna Friedrich. Han är sympatisk
trots att han tillhör fienden. Har inga fasoner. Spelar på kväl-
larna på Madsens fars gamla violin. Den som ingen spelat på
sedan gubben Ole dog för tio år sedan. Musiken väcker stora
romantiska blåmärken till liv hos Friedrich. Helle liknar hans
ungdomskärlek Erika. Han tar små promenader med Helle som
förvånansvärt fort lär sig lite tyska. Friedrich har börjat förstå

danska hyggligt. Han förklarar att han inte är nationalsocialist
mer än av tvång. Han har indoktrinerats att tro på Hitler. Tiden
i Hitlerjugend var påtvingad. Disciplinen tvingade alla till lyd-
nad. Till en början trodde han på allt han fick lära sig. Nu är det
länge sedan han trodde på Führern. Denne måste vara galen.
Han har störtat Tyskland i fördärvet.

Helle tror honom inte till att börja med. Efterhand drunknar hon
i hans varma, bruna ögon. Hon tycker om hans starka, smidiga
kropp. Att han är en aning kortväxt har hon överseende med.
Själv är hon heller inte särskilt lång. Rüttel liknar knappast en
arier. Han är varken lång, blond eller blåögd. Det har han fått
höra av sina officerskolleger. Friedrich säger förstås inte högt
vad han tänker. Liknar Führern en arier? Gör Goebbels det? Hur
var det med, Heydrich, protektorn i Böhmen som mördades av
influgna tjeckiska motståndsmän. Var han inte halvjude?

Reichführer SS, Heinrich Himmler, är in i det sista besatt av
judefrågan. Han har alltmer förlorat verklighetskontakten.
Goebbels proklamation om det totala kriget leder Tyskland
rakt in i fördärvet. Göring är en operettfigur och har inte längre
Hitlers förtroende. Luftwaffe gör inte längre sitt jobb. Albert
Speer, arkitekten som blev ansvarig för hela Tysklands krigs-
industri, arbetar dygnet runt för att rädda vad som räddas kan
av det tusenåriga Tredje riket. Hans titel rustningsminister,
klingar falskt i det söndervittrande Tyskland. Tredje riket är
snart förlorat och hela Europa ligger i ruiner. Det enda vettiga
är att fly till Sverige. Om han, Friedrich Rüttel, hamnar i rysk
fångenskap skjuter han sig hellre. Tiden i Ryssland har satt out-
härdliga spår. Ryssarna är barbarer men det var tyskarna som
anföll. För var dag som går rannsakar han sin situation. Han
måste överleva. Om inte för sin egen del, så för Helles. Kärleken
mellan Helle och Friedrich går inte längre att dölja. Det formli-
gen lyser om dem. En sak står klar. Helle kan inte följa med på
flykten. Hon lovar att komma efter till Sverige men först sedan
hon fått reda på att Friedrich välbehållen anlänt dit. De hoppas
på en gemensam framtid.

Om morgnarna mår Helle illa. Det beror säkert på den ensidiga kosten och oron över Friedrichs förestående flykt. De kommer att sakna varandra. Helle längtar redan efter honom. Helle är ett under av vänlighet och hjälpsamhet. Friedrich kan inte se sig mätt på henne. Den svaga doften av havsvind och havssalt från de kläder hon burit in i kammaren, skapar en tydlig närvaro även när hon inte längre befinner sig i rummet. Han öppnar dörren som leder in till krogen. Snart sitter han hos Madsens igen. Pratar om framtiden. Finns den? De allierades styrkor är strax på plats. Eller är det ryssarna? Dessa vill han inte möta på nytt. De kommer inte att skona honom. Avrättning eller fångenskap är alternativen. Eisernes Kreuz zweite Klasse, Järnkorset av andra klassen, som han tilldelades efter Stalingrad, har han redan slängt långt ut i havet. Han har avlägsnat gradbeteckningarna på sin slitna uniform. Kanske är det dags att ta av sig den? Bränna uniformen och alla spår av att han har tjänstgjort i Wehrmacht.

»Helt visst blev folk hängda på ön under den gamla militärtiden«, säger Emil Madsen plötsligt.
»Det händer i alla fall inte den här gången. Eller hur?« Rüttel tiger. Madsen vet inte vad som skett på olika platser i Europa som nazisterna invaderat. Därtill har ön varit för isolerad från den övriga världen. Rüttel säger:
»Jag är den ende kvarvarande ockupanten på er lilla ö. Inte tänker jag varken hänga eller skjuta någon! Möjligen mig själv.« Han ler ironiskt. Berättar att han tänker bränna sin uniform och sätta på sig de utlovade fiskarkläderna. Madsen nickar. Det är en bra idé. Det är snart dags för flykten. Emil Madsen är öbo i sjätte generationen. Tre av hans syskon bor också här. De är av hävd inte så pratsamma. Trots detta har de någorlunda lärt sig förstå tyskens ansträngningar att göra sig förstådd. När Emils fru, Mariette, bjuder på honungssnaps, en specialitet från hennes barndomshem på Bornholm, går samtalet lättare mellan tysken och familjen Madsen. *Es ist sehr eng zwischen die Häuser.* »Det är trångt mellan husen på ön«, säger Rüttel lite abrupt. Kommentaren hänger i luften ett ögonblick. Den är ett halvdant försök att få igång någon form av samtal. De församlade nickar instämmande.

»Det är bra att husen ligger tätt när det blåser«, säger Emil med fast röst. *Genau*, säger Rüttel och bekräftar med en tydlig huvudböjning.

Emil låter myndig när han tar till orda. Det är som han talar för hela öbefolkningen. Det kan man, om man är ägare till öns enda krog och respekterad fiskare i tredje eller fjärde generationen. Han framhåller att öbefolkningen inte kan tänka sig något bättre ställe att bo på än Christiansø. Om det nu inte hade varit för tysken och kriget hade allt varit vid det gamla finns underförstått i hans kommentarer. Emil Madsen är inte rädd för att tala klarspråk. Rüttel påpekar ånyo att han nu är den ende kvarvarande tysken på ön. Det är ett onödigt påpekande som inte kommenteras. Vid det här laget vet han mer om släkten Madsen. Han vet till exempel att Emil tidigare även varit hamnfogde. Han vet också att den sysslan numera sköts av brodern Knud vars huvudsakliga gärning förstås är fiske. Mariette, Emils hustru, lägger in sill på öns enda lilla företag, Christiansø Sild. Helle är behjälplig både där och på krogen.

Makarna Madsen bedyrar att de aldrig känner sig isolerade. Inte ens när postbåten ställer in seglatsen på grund av dåligt väder eller på tyskarnas order. Bara kriget tar slut blir nog allt bra igen. Rüttel nickar och suckar sedan tungt. Han möter Helles ögon. Hon ser allvarlig ut. Imorgon ska de träffas i smyg. Ensamma. Det är inte helt lätt. Är det sista gången, tro?

När Rüttel första gången delger Emil sina flyktplaner varnar denne honom. Det är livsfarligt att ge sig av från ön på egen hand. Dessutom är han inte sjövan. Tysken tvingas medge att Emil har rätt. Denne berättar vad han råkat ut för till havs för drygt ett år sedan. Då var han nära att stryka med efter att ha blivit nerseglad av ett handelsfartyg i snöigt vinterväder.

»Jag kämpade i den nollgradiga Östersjön i tjugo minuter innan fartyget lyckades plocka upp mig. Då var jag djupt medvetslös och nedkyld. Jag hade ändå tur. Man klarar sig i allmänhet inte mer än fem minuter i så kallt vatten.«

Officeren tiger. Sedan säger han lågt: *Ich verstehe*. Olyckan som Madsen berättar om, ger Friedrich Rüttel en rejäl tankeställare.

Flykten måste planeras ytterst noggrant. Kanske bör den gå direkt till det neutrala Sverige. Den svenska sydkusten bör vara fullt möjlig att nå med lite tur. Bara de inte går på några minor eller blir beskjutna. Bra väder är bara att hoppas på. Han måste prata mer med bröderna Madsen men inga fler. Ju färre som vet desto bättre. Risken för förräderi finns alltid. Han glömmer ibland bort att han faktiskt representerar en ockupationsmakt. Bröderna Madsen lovar att smuggla honom till Ystad eller dess närhet när det är dags. Helle har bönat och bett sin far att hjälpa honom. Hon älskar, trots att hon vet att det är fel, den tyske naziofficeren. Varje kväll gråter hon sig till sömns.

Rüttel ligger på sängen. Drar sig till minnes spridda händelser ur sin militära karriär. Den som han inte valde själv. Hur ska familjen Madsen och särskilt Helle någonsin förstå? Är det någon mening att berätta om sitt liv? Troligen inte. De kommer att förakta honom även om han i viss mån har lyckats erövra deras förtroende. Nog har han bemödat sig om att visa att han har en mänsklig sida. Friedrich Rüttel minns hur han tidigt indoktrinerades i den nazistiska läran. Hur han senare i sin tur indoktrinerade de nyinryckta soldaterna som ersatt de stupade. Försökte få dem att tro att de var oövervinnerliga eftersom deras ledare var en gud.

»Heil Hitler! Ni ingår som ni vet i Wehrmacht. Den är väldens mest välorganiserade krigsmakt. Och den mest effektiva!«

Han höjer rösten då två soldater inte är fullt uppmärksamma.

»Wehrmacht är enligt mig och vår älskade Führer oövervinnerlig. Wehrmacht är samlingsbeteckningen på våra stridskrafter i vårt dyra fosterland, das Vaterland. Glöm det bräckliga Reichswehr ur vilket Wehrmacht 1935 skapades. Glöm däremot aldrig att det var Gesetz für den Aufbau der Wehrmacht, lagen om uppbyggandet av försvarsmakten, som möjliggjorde vår militära överlägsenhet och styrka. Indelningen av densamma jag strax delge er.

Rüttel kommenderar manöver för att ingen ska svimma. Sådant har hänt. Soldaterna har hittills tvingats stå i stram givakt under genomgången.

»Das Heer, armén, die Kriegsmarine , marinen och die Luftwaffe , flygvapnet utgör stommen. Ni soldater som står här, tillhör armén.

*Achtung! Ni har alla svurit trohetseden till vår älskade Führer. Lyd-
nadsbrott bestraffas med döden. Innan han hinner fortsätta, kom-
mer det unisont från soldaternas strupar »Sieg heil! Sieg heil!«* Rüttel
nickar belåtet och fortsätter. *»Glöm dock aldrig att ni ska samverka
med marinen och flygvapnet. »Verstanden?«* vrålar han. *»Jawohl, Herr
Obersturmführer!«* skriker soldaterna tillbaka unisont.

Egentligen avskyr han rollen som skrikande, kommenderande befäl.
Det är mot hans natur men han måste spela spelet. Ibland är han osä-
ker på om de unga soldaterna förstår vad han pratar om. Disciplinen
är järnhård. Alla fogar sig. Hitlerjugend har gjort nytta. Det viktiga
är att de unga soldaterna vet att de tillhör Adolf Hitlers oslagbara
krigsmakt; att de måste vara beredda att offra sitt liv för honom. *»Re-
petera!«* säger han till en av de yngsta soldaterna. Denne bär en allde-
les för stor hjälm. Den inramar hans barnsliga ansikte och gör honom
till en soldat. Ynglingen rabblar: *»I det nationalsocialistiska Tyskland
betecknar Wehrmacht de samlade land-, luft- och sjöstridskrafterna.
Wehrmacht direkt under vår älskade Führer Adolf Hitlers, personliga
befäl.« »Danke«,* säger Rüttel och avslutar med orden: *»Wehrmacht är
det viktigaste instrumentet för att möjliggöra skapandet av ett Stor-
tyskland. Heil Hitler!«*

***

Rüttel försöker skaka av sig det förgångna. Det är lättare sagt än
gjort. Det förflutnas krigslandskap förföljer honom. Han stude-
rar ingående rummet där han befinner sig. Det avleder tankarna.
Han konstaterar att golvet lutar ordentligt. Det får han finna
sig i. Har man som han, sovit i skyttevärn och på frusen mark i
Ryssland är det här rena drömmen. Huset är enligt Madsen från
1703. Genom det höga fönstret kan han ibland se stjärnhimlen
från sin bädd. Han antar att det är Orion som visar sig på him-
lapällen. Strax intill reser sig Store Tårn. Christiansøs fyr härs-
kar just nu över ön. Inte han, den obetydlige kommendanten på
klippön. Från tornets topp sveper ljuskäglan runt horisonten.
Den syns bara som ett svagt återsken rakt underifrån där han
sitter i rummets dunkel med ett flämtande stearinljus. Fältfick-
lampan använder han bara i nödfall. Det är natt och den bästa

tiden att tänka. Vinden tjuter ihållande. Den stör honom inte. Han har vant sig. När det inte blåser, undrar han vad som är fel. I sin ensamhet planerar han för tusende gången hur han ska ta sig vidare. Mest kretsar tankarna kring hur han ska kunna få med sig Helle. Kanske kan hon komma efter honom? Under alla förhållanden har han bestämt sig för att det är till det neutrala Sverige han ska bege sig. Han har ingående studerat den sydsvenska kusten och försökt lära sig namnen på de mindre kustorterna. Ju mindre fiskehamnar han landar i, desto större chans är det att han osedd kan ta sig vidare. Eller tänker han fel? I en lite större hamn kanske han blir mer osedd. Han får ta sig ytterligare en funderare. Förmodligen vet Emil Madsen bäst. Han litar konstigt nog på den trygge dansken. Det är för honom en behaglig men ovan känsla.

***

Nästa dag frågar han Helle vad han ska äta till middag hos hennes far, krogägaren. Som om det funnits en stor meny att välja från. För sent inser han sitt misstag. Det är Herrefolksfasoner. Han befinner sig inte på en officersmäss. Igår morse gjorde han ställningssteg innan han gick in i den lilla krogmatsalen. Men det behövdes inte eftersom det inte fanns en enda kollega närvarande. Ingen annan gäst heller. Det militära uppförandet sitter dock i ryggmärgen. Nu vänder han sig till Helle där hon står vid ett av fönsterborden i den lilla matsalen och dukar. Han upprepar sin fråga.

»Vad föreslår Ni att jag ska beställa till middag?« Han säger det stillsamt och ödmjukt. Hon svarar långsamt:

»Jag känner er inte. Därför kan jag inte rekommendera er något.« Han tittar bestört på henne. Sedan upptäcker han hennes lekande leende. *Um Gotteswillen!* Gud vad han älskar henne. Det blir förstås fisk som vanligt. Vad annars?

13 Flykten

8 maj 1945

En svensk fiskebåt med tre man ombord ligger och trålar torsk öster om Christiansø. Nu dyker det tillfälle upp som han har väntat på. Knud Madsen vet vem skepparen är. Samuelsson heter han. En rejäl karl. Trålaren han äger har hemmahamn Karlskrona. De har träffats många gånger på Emils krog. Knud kontaktar honom. Han har en bestämd känsla av att svensken snart är på väg tillbaka till Sverige. Nu gäller det att handla snabbt. Han har en mycket konkret fråga till svensken. När han äntrar trålaren har han sin fråga klar på tungan. Här finns inte tid till några långa utläggningar. Sedan de hälsat på varandra med ett kraftigt handslag, ställer Knud genast frågan.

»Kan Samuelsson ta ombord en person som måste ta sig över till Sverige?« Svensken tvekar när han hör vem det är fråga om.

»En tysk desertör? Det är för farligt«, svarar han långsamt och kniper hastigt ihop ögonen. Knud samlar sig till nästa replik.

»Jag kan gå i god för honom. Han är min bror Emils blivande svärson.«

Vad är det han står och säger? Riktigt sant är det inte, men bra nära på sätt och vis. Knud påminner sedan svensken om att denne är skyldig honom en gentjänst. De skakar hand på nytt.

På natten till den 8 maj 1945 smugglas Friedrich Rüttel alias Carl Bentsen ombord på trålaren. Han är klädd som vilken östersjöfiskare som helst. Huden är vid det här laget väderbiten och han har anlagt helskägg. Han beordras omedelbart att gå under däck. Några timmar senare ställer trålaren kosan mot den svenska kusten. Vart där, vet han inte. Han utgår från att det är Ystad eller dess närhet som är destinationen. Skepparen upplyser honom om att de befinner sig på farligt vatten. Rüttel ska därför stanna under däck under hela resan. Fångsten har blivit oväntat bra men någon mänsklig fångst hade han inte räknat med. Allt verkar lugnt på havet fast sikten är dålig. Efter en knapp timme möts de av en egendomlig syn. Plötsligt dyker en båt upp. Hon är svartmålad samt öppen. När de närmar sig henne, ser de att hon har vit flagg. Det kan bara innebära en sak, kapitulation. Båten är uppskattningsvis sju, åtta meter lång och har ett vikingasegel. Flytetyget bär inget namn. När svensken kommit ännu närmare ser de att den egendomliga båten har tyska soldater ombord. Båten har tagit in en hel del vatten. Att de befinner sig i sjönöd är det ingen tvekan om.

Den svenske skepparen är välinformerad. Hitler är död. Han sköt sig i Berlinbunkern den 30 april. Han hade innan sin död utsett sin efterträdare. Det är storamiralen och chefen för Nazitysklands marina stridskrafter, Karl Dönitz. Vad tyskarna i den egendomliga farkosten vet och inte vet är osäkert. Kanske känner de till att Dönitz tidigare utfärdat sin skoningslösa Laconiaorder. Den proklamerar bland annat följande:

Inga som helst försök får göras att rädda personer ombord på sänkta fartyg, och detta innefattar även upplockandet av personer i vattnet, att placera dem i livbåtar, att räta upp kapsejsade livbåtar samt att överlämna mat och vatten. Räddning går tvärtemot krigföringens mest elementära krav på tillintetgörande av fientliga fartyg och besättningar. Ordern att ta hand om alla kaptener och maskinchefer från fientliga fartyg är fortfarande i kraft. Skeppsbrutna människor skall räddas endast om deras upplysningar är betydelsefulla för ubåten.

Här är situationen den motsatta. Tyskarna ombord på spökskeppet är inte sjömän. De har ingen aning om hur de kommer att bemötas av båten de möter. Vilken nationalitet båten som närmar sig dem har, vet de heller inte. Tyskarna är strängt upptagna med att hålla båtvraket flytande. De ombordvarande på flytetyget är tyska infanterisoldater. De har flytt från Polen då ryssarna invaderade landet. Varken den svenska båten eller den tyska vet att storamiralen Dönitz denna dag, den 8 maj 1945 har undertecknat det slutgiltiga kapitulationsdokumentet i Berlin. Kriget är slut. Den svenska trålaren vet ingenting om Laconiaordern. Om de hade känt till den, hade den hur som helst inte berört dem. De följer intuitivt den gängse sjömansregel som säger att man inte får överge människor som befinner sig i sjönöd. Det är den situation som gäller för ögonblicket. Skepparen bestämmer sig efter

samråd med resten av besättningen för att ta ombord de nöd-
ställda tyskarna. Det sker med viss motvilja men så får det bli.
Han ställer sig bredbent vid relingen. Uppmanar tyskarna att en
efter en överlämna sina vapen. De lyder utan knot. Befälhavaren
på trålaren verkar bestämd. Det är mest eldhandvapen som tys-
karna lämnar ifrån sig. Etthundra vapen slängs överbord. Plopp!
Vapnen försvinner i havsdjupet. Några av tyskarna slänger utan
uppmaning sina vapen i havet.

Till sist ligger det bara tre maskingevär på däck. Dessa behåller
de tre fiskarna för säkerhets skull. Tyskarnas eländiga båt vi-
sar sig vara bensindriven. När bensinen tog slut drev de redlöst
tills svensken bistod dem. Båten sjunker strax efter det att alla
de nödställda tyskarna räddats. Det är i sista stund de kommit
ombord på den svenska trålaren. Att båten sjunker beror på att
det blåst upp till kuling plus att hon redan tagit in mycket vatten.
De tolv tyska soldaterna förpassas under däck. Där stöter de på
fiskaren Carl Bentsen. Desertören tycks ha blivit stum. Det är
trångt ombord men det går. De sneglar nyfiket på den okände
som inte rör en min. Som tiger under hela överfarten. Tyskarna
verkar medtagna men balanserade.

Läget i hela södra Östersjön är farofyllt. När som helst kan ör-
logsfartyg dyka upp. En i besättningen vill gå till Smygehuk, den
andre till Ystad. Skepparen bestämmer att de ska gå till Karls-
krona. Det är säkrast. En av tyskarna tar fram en fickalmanacka
med karta. Av den tror han sig förstå att de går österut. Det blir
oro i tysklägret. Ska de överlämnas till ryssarna? Det är från dem
som de flytt. Kulingen tilltar. Den kommer från nordost. Tys-
karna mår illa. Det är en fördel ur övervakningssynpunkt. Vid
16.00-tiden anländer trålaren till Saltö fiskehamn i Karlskrona.
På plats finns tull, polis och svensk militär. Tyskarna förs till
Stumholmen för desinficering och avlusning. Friedrich Rüttel
alias Carl Bentsen visar med spänning sitt pass. Både tull och
polis är tveksamma. Är passet verkligen giltigt? Det är något
som inte verkar stämma. Det hjälper inte att Rüttel protesterar
lamt. Han förpassas tillsammans med de tyska båtflyktingarna
till ett särskilt rum. Rüttel förhörs ingående. Han svarar kort-

hugget på stapplande danska. Den tyska accenten är tydlig. Polis och tullpersonalen enas om att passet troligen är förfalskat. De ska för säkerhets skull undersöka saken närmare. Tyskarna förs några dagar senare till ett interneringsläger norröver. Rüttel kvarhålls i häkte i Karlskrona för ytterligare förhör. Övriga tyskar interneras. Några år efter interneringen får de återvända till det Tyskland som fortfarande ligger i ruiner.

***

När Jesper återvänder till Sverige efter sitt andra besök på Bornholm vill vännerna i Nöden veta vad han fått fram. Han återger spridda delar av vad han läst i dagboken som han hittat. Hur livet gestaltat sig för den där tyske officeren, Friedrich Rüttel. Dagboken visar sig handla om såväl triviala vardagshändelser som militära förkortningar. Det Jesper inte förstår får han gissa sig till. Det är inte helt lätt att tolka alla de tankar som tyske officeren nedtecknat. Samtidigt är det lite spännande. »Så du vet fortfarande inte vart din far tog vägen? Tror du han lever?« Ledde är genuint intresserad. Även Valenta lyssnar uppmärksamt med framåtlutat huvud. Han verkar spänd. När Ledde fortsätter att bombardera Jesper med frågor, blir denne efter en stund irriterad. »Ni ska få höra det här men sen får det vara slutsnackat om mitt liv. Jag orkar inte mer.« Både Valenta och Ledde ser allvarliga och lite stukade ut.

***

Vid besöket på Bornholm ber han på nytt sin mor berätta. Han formligen pumpar ur henne information som om hon vore en vattenfylld båt och han länspumpen. Hennes berättelse går knaggligt och långsamt. Ibland tappar hon tråden. Det är som om han måste dra ur henne alla hennes minnen. Hon berättar men alltför fragmentariskt. Det gör uppenbarligen alldeles för ont. Hennes berättelse om Svend intresserade honom inte. Jesper ger sig inte. Till slut har han lyckats få reda på en hel del nytt men långt ifrån allt. Modern berättar sedan att hon förbjudits av sin far att söka efter Rüttel. Tysken är säkert död eller internerad. I det sammanhanget berättar Helle att hon är med barn. Emil blir starkt upprörd. Så upprörd att Helle tror att han skall få ett slaganfall. Jesper fortsätter sin utfrågning. När han inte får ur modern mer, besöker han hennes farbrors kusin Niels Holt-Svendsen. Han som under ockupationen skötte postbåten. Niels berättar vad han vet. Han är oväntat informativ. Niels förklarar att Helle nog hade det jobbigt med sina föräldrar. Inte minst sedan det uppdagades att hon var gravid. Emils och öbornas förståelse för de ungas kärlek var liten. »Ge sig i lag med en nazist, en ockupant är en skam«, sa öborna. Till slut hade dock både Emil och Mariette accepterat faktum. Det verkade som om de trots allt kommit att tycka om tysken. Inte i egenskap av tysk officer utan som människa.

Mariette var den som fick sin make att vekna. Annars hade bröderna Madsen knappast hjälpt Friedrich Rüttel att fly. Fast det var förstås Knud som såg till att flyktplanen gick i lås.

Jesper tackar Niels. Nu ska han söka upp den bastante, handlingskraftige Knud Madsen. Knud är sig inte lik. Han har magrat. Den store mannen har sjunkit ihop. Blicken är frånvarande. Liksom tom. Han känner inte genast igen Jesper. Svarar föga distinkt på hans frågor. Det är uppenbart att Knud har gått in i senilitetens dimmor. Vissa stunder är han klar men så återfaller han till nonsensprat. *Spør Emil, spør Emil,* säger han gång på gång.

»Emil är dessvärre död«, upplyser Jesper honom om.

Vaba? Knud skakar oförstående på sitt stora huvud. Jesper hade så gärna velat höra vad Emil hade haft att berätta. Men det är en omöjlighet. Nu är det som det är. Jesper anstränger sig till det yttersta för att ta reda på allt om den tyske officeren. Ett spår leder till Blekinge. Han beger sig till trakten av Karlskrona. Hittar den före detta fiskaren Samuelsson som hade haft tyskar ombord på sin trålare. Han är den som vet mest. Kan rekapitulera hela händelseförloppet den gången då han tog med sig tysken från Christiansø. Han är klar i huvudet. Gott minne. Dessutom verkar han trovärdig om än lite omständlig i sin berättelse. Om Rüttel som person, kan den gamle trålfiskaren inte uttala sig. Desertören hade inte sagt många ord under den dramatiska resan till Sverige. Att Rüttel i krigets slutskede lyckats ta sig över till

Sverige kan Samuelsson bekräfta. Likaså att han med trålaren anlöpt Saltö hamn. Om Rüttel lever, vet han inte. Jesper är i slutet av sin berättelse. Ledde och Valenta ser lite tagna ut.

»Jag hade önskat att jag hade fått lära känna min far«, säger Jesper. »Trots att han var nazist. Önskat höra hans version av sitt liv. Om hur folk tänkte i Nazityskland. Varför han blev nazist och en massa andra saker som hur mamma var som ung. Så föddes jag, oäktingen Jesper Madsen, den 10 december 1946 på Christiansø. Jag växte upp på den lilla klippön. Jag var ett ensamt barn som mest gick för mig själv. Blev lite lillgammal. Läste mycket. De jag pratade med, var mest gamla. Fiske intresserade mig inte särskilt mycket. Jag ville bara bort. Helst långt bort. Mor gifte sig så småningom med Svend. Han var snäll men någon far blev han aldrig för mig. Han var lite tafatt. När jag fyllt sexton inackorderades jag hos en gammal dam i Rønne. I samma stad tog jag studenten. Sedan åkte jag till Skåne för att leta efter min far, desertören. Jag letade som sagt först i Blekinge. Sedan ända upp i Småland, men utan resultat. Ingen i släkten Madsen visste om att jag letade så förtvivlat efter honom. Ändå tror jag att de hade velat veta. Särskilt mor. De kom ju alla i familjen Madsen att till slut tycka om honom. Trots att han tillhörde fienden. Till slut gav jag upp. Så hamnade jag i Lund för att studera. Resten vet ni.«

Jesper började gråta. »Vem är jag? En misslyckad, försupen student. Den tyske desertörens son.« »Du är vän till en konstförvant«, säger Ledde. Hans ögon är fyllda av tårar. Valenta stirrar ner i marken men säger inget.

14 Dimman tätnar

Nu är han åter i Lund. I ungdomens stad som det så vackert heter. Staden är trivsam men han känner inte samma ilningar av förväntan som under de första terminerna. På något sätt har han kommit allt längre bort från såväl studier som det tidigare så spännande studentlivet. Varför han känner sig alienerad kan han inte förklara. Han bor fortfarande i Nöden, den ringaktade stadsdelen. I den mån han umgås med folk är det mest med betydligt äldre. I långa perioder isolerar han sig fullständigt. Borde han inte umgås med jämnåriga? Ta fatt i studierna? Skaffa sig en flickvän? Låta bli spriten?

Frågetecknen hopar sig. Nog har han tänkt i sådana banor, men han förmår inte räta ut frågetecknen till utropstecken. Spriten passiviserar honom. Samtidigt lindrar den ångesten för stunden. Dagarna kommer och går. Studierna ligger fortfarande nere. Det tynger hans samvete. Hans mor har fått för sig att han snart är färdig med sin filosofie kandidatexamen. Det beror på att han helt enkelt ljugit. Hon skulle bara veta hur illa det är ställt. Inte minst med ekonomin. Han hankar sig fram på handlån, pokerspel och ett och annat påhugg. Det får bli som det blir med hans liv. Den sociala gemenskap som han såväl behöver, har han funnit i Nöden. Bland en rad vinddrivna existenser. Där finns hans vänner. Ledde framför allt men också Valenta. De ställer inga krav på prestationer. De accepterar honom som han är. Mystiske Madsen. Den unge dansken som är så kunnig i konsthistoria och som kommer från den där lilla klippön långt ute i Östersjön.

Han inser att han aldrig kommer att bli färdig med någon akademisk examen. Han känner sig för övrigt inte hemma bland de framgångsrika akademikerna. Snarare känner han sig som en katt bland hermelinerna. Detta trots att han är långt ifrån obegåvad och dessutom mycket beläst. Att återvända till Bornholm är ingen lösning. Det är ett nederlag och dessutom har han inget att försörja sig på. Olustkänslorna är besvärande. Spriten är det enda som tar bort dem. Får honom att känna sig stark, obekymrad, fri och genial men så kommer ruelsen dagen efter. Bakfyllan och ångesten som blir allt svårare. Spriten är den gemensamma nämnaren i hans umgänge med Ledde. De har roligt när de dricker. Det är kul att supa. Tillsammans med Ledde lossnar alltid tungans band och han kommer i berättartagen. Det gör också Ledde. Var det inte spriten som förde dem samman, kanske? Visst var det så. Hur skulle han annars ha träffat honom? För att inte tala om Berggreen, Friberg, Hansson, Söderberg, Valenta och en massa andra. Jacobowskij inte att förglömma. Alla är inte udda men bra många. Hur ser han på sig själv? Självkänslan är dålig. I det fallet är han och Ledde lika. Ända sedan barndomen har han känt sig lite utanför, lite udda. Lillgammal. Helle Madsens oäkting. Blyg och hämmad. Opraktisk. Oönskad. Kanske älskade hans mor honom men han minns det inte. Smekte hon någonsin honom? Kramade honom? Han kommer inte ihåg. Han minns mest hennes ständigt allvarliga, sorgsna ansikte. Hon verkade alltid vara någon annanstans i sina tankar.

Så blir han också en drömmare. I fantasin åstadkommer han storverk. Får Nobelpriset i litteratur. I Lund är han bara en bland många andra studenter. En dansk som inte alla förstår vad han säger. Ändå påstår många skåningar att de förstår danska utmärkt. Det är inte sant. Många förstår inte alls eller så ger de sig inte tid att lyssna på honom. Säkert beror det på att han stammar lätt. Ledde förstår honom och det gör också Valenta. Kanske några till. Jesper ser dagligen gubbar med käpp som har svårt att gå. Sådana finns det gott om i Nöden. De ser inte särskilt glada ut. Ska han sluta sina dagar på samma sätt? Har han osynliga kedjor som binder honom till Nöden? Det verkar inte bättre. Alltså bestämmer han sig för att stanna där. Tills vidare i alla fall. Borde han inte vara lite tacksam över att han har en hemvist? Att Ledde uppskattar honom. Sluta ömka sig själv. Livets förlopp syns inte i spegeln från dag till dag. Det behövs inte. Jesper vet att han är skäggig, att skjortan han bär är lindrigt ren, kragen sliten. Hela han känner sig smutsig. Snart måste han ta sig samman och besöka badhuset. Det ligger i Stadsparken. Dit är det nära.

Följande morgon blir han sittandes på trappen. Han läser på nytt i den tummade dagboken som han stal från sin mor. Hur livets förlopp kan te sig, kommer fram i ljuset när man läser en ung mans dagbok. Det är inte hans dagbok. Det är hans okände fars. Jesper kommer fram till att hans pappa måste ha varit runt tjugofem år då han träffade modern. Helle Madsen blev ingen lycklig kvinna. Livets korta förlopp uppenbaras först i efterhand. Hamnar i hans nariga, darriga bakfyllehänder. Till sist har han bestämt sig för att den fader han söker är död. Död sedan länge. Han kommer inte att höra av sig. De döda ringer aldrig. De hör av sig på annat sätt. Genom en dagbok till exempel. Sanningen presenterar sig till slut på något sätt. Precis som på teatern. När sista akten börjar. När det är sent på livets afton. Men Jesper är inte gammal. Han är ung men så otroligt skör. Liv är något obeständigt. Det har han tidigt förstått. Han vet inte att Ledde stundtals delar hans mörka syn. Ledde lever i nuet. Han är optimist. Men är det bara på ytan? Är han innerst inne en skadeskjuten människa precis som Jesper? Mystiske Madsen ler lite försiktigt när han tänker på hur de två lärde känna varandra. Den där majnatten som var så blånande blå. Morgondagen verkar inte bekymra Ledde. Aldrig någonsin. »Var dag har nog av sin plåga«, säger han och visslar. Var får Ledde alla sina uttryck ifrån? Han vill vara som Ledde. De förstår varandra. Ska han trots allt börja måla som Ledde och den märklige Valenta?

***

Det är november. Dimman ligger tät över slätt och stad. Jesper tänker uppsöka studentnationen. Försöka få kontakt med Erna som han läste konsthistoria tillsammans med. Ledde uppmuntrar honom att träffa unga människor. Tjejer framför allt.
»Var änte lia feg och rädd som jag för fruntimmer. Du behöver både festa och få daj ett nummer!«

Ledde bjuder på några supar innan Jesper beger sig iväg till Sandgatan där festen ska äga rum. Mårten gås ska firas på Akademiska föreningens krog. Jesper både äter och dricker. Dricker mer. Blir allt mer uppspelt. Varför har han känt sig så nere? Det

är ju roligt att leva. Nu framstår allt i rosa färger. Alla festdeltagare är trevliga. Flera av dem skrattar gott åt hans skämt. Han
kanske inte är så omöjlig? Det intas stora mängder sprit. Jesper
är inte nödbedd då någon fyller på hans spetsglas. Supen behövs
till den feta gåsen och svartsoppan sägs det. Sedan blir det kaffe
och avec som följs av de glada groggarnas parad. Det blir ordentligt sent. Jesper blir allt ostadigare. Försöker greppa en stol för
att inte ramla då han försöker resa sig från bordet. Han är inne
i en dimma liknande den som rådde vid slaget i Lützen. Någon
hjälper honom hem framåt nattkröken.

    »Klarar du dig nu?« Jespers okände ledsagare undrar. Jesper
hänger med huvudet. Får fram ett svagt »mm«. Han får hjälp
med att låsa upp pardörren. Lyckas med viss möda ta sig in i sitt
krypin. Han stupar ner på den obäddade sängen och somnar
omedelbart. »Han är hemma«, muttrar Vita Negern, då hon hör
hur hans snarkningar drar igång.

När Ledde besöker honom nästa morgons förmiddag är Jesper
död. Luften i rummet är kvav och unken. Hela sängen är nerspydd. Lakanen stinker av vad som intagits under den rikliga
gåsamiddagen. Det röda på lakanen är inte blod utan rödkål.
Det svartbruna är resterna av svartsoppan. När kroppen senare
obduceras, framkommer det att Jesper av allt att döma legat på
rygg. I fyllan har han kvävts av sina egna uppkastningar.

Ledde är förkrossad. Tillintetgjord. Sörjer sin unge vän. Försöker för egen del ta det lite lugnare med spriten. Han åker därför upp till sin vän Gunnar som har en stuga i närheten av Höör.
Närmare bestämt tolv kilometer från Höörs järnvägsstation vid
Dagstorpssjön. Nu får det bli några vita veckor så att själen kan få
ro. Han tar en promenad i skogen för att orientera sig i området.
Där skogsstigen övergår i berghäll dyker det på krönet plötsligt
upp en liten rundnätt man. Han är skallig. Huvudet ser ut som ett
välputsat skärt bowlingklot. Han är klädd i illasittande shorts.
Magen hänger ner över livremmen. På överkroppen bär han en
kortärmad skjorta samt en rutig väst. På fötterna har han ett par
slitna grådaskiga tennisskor. I handen håller han en tennisracket
som sett sina bästa dagar. Tre Torn står det på racket. Det är säkert

två mil till närmaste tennisbana om det överhuvudtaget finns
någon i trakten. Snart får det sin förklaring. Någonting lurvigt
närmare sig allt hastigare. En vit liten hund kommer rusande
med en röd tennisboll i munnen. Ledde skakar på huvudet. Folk
är inte riktigt kloka nu för tiden. Han går hem till Gunnars stuga.
Det doftar gott av stekt falukorv. De äter under tystnad. Dricker
vatten till måltiden. Det går men känns ovant.

***

Ledde målar intensivt varje dag för att reducera ångesten. Han
kan inte släppa synen av den döde Jesper. Ledde färdigställer
gamla beställningar i en takt som om det gäller livet. Gör skisser
till en rad naturmotiv. De senare ratar han strax. Han är och för-
blir gatumålare. Sankt Annegatan, den som ligger bakom Aka-
demiska föreningen och i närheten av Kulturen, ska han före-
viga. Till minnet av Jesper. Egentligen borde det bli fästningen på
Christiansø men det får vänta. En månad stannar han i Gunnars
stuga. Sedan kommer den förbannade rastlösheten och suget.
Livet i Lund lockar. Han lånar pengar till en tågbiljett och åker
tillbaka till Lund trots Gunnars varningar. Det är lite väl lugnt
i mellersta Skåne även om Dagstorpssjön med omgivningar är
vackra året om. Väl hemma i Nöden igen, känner han samma
blandning av välbehag och oro.
När han befinner sig i slutet av femtioårsåldern börjar hans
krafter att sina. Det är inte som förr. Då kunde han leva rullan
utan några större problem men ändå måla. Visst målar han fort-
farande men allt tar så mycket längre tid. Han tycker att hans
tidigare så goda tålamod börjar tryta. Dessutom orkar han inte
jaga beställare. När han får sjukpension, bestämmer han sig
till slut för att flytta till något modernare. Några av vännerna
tycker att det är en bra idé. »Även du blir äldre Ledde«, säger
Gunnar. Då flyttar han till slut efter vissa påtryckningar. Först
till Trollebergsvägen och sedan till Byggmästargatan. Nu bor
han på väster. Aldrig hade han väl trott att han skulle hamna
där. Förutom kök, sovalkov och ett litet vardagsrum som släpper
in mycket ljus, finns det ett badrum med toalett, varmt vatten
och dusch. Det känns ovant.

Även om Nöden hade sina sidor och livet där inte var helt bekymmersfritt, saknar han sina grannar och vänner. Alla är förstås inte kvar. En del har dött. Lägenheten känns nästan lite lyxig även om den är långt ifrån ny. Han som bott i Nöden i hela sitt liv. Pissat i vasken på svalen och skitit på utedasset där snöflingorna om vintern yrde in mellan de glesa brädväggarna. Det slår honom att hans nya lägenhet ligger på samma gata som det nya polishuset. Fast detta är förstås inte längre direkt nytt. Det är förfärligt vad fort livet går. Så tänkte han aldrig förr. Plötsligt slår det honom att här hade Thea kunnat bo. Plats finns men Thea är död i bröstcancer sedan flera år tillbaka. Han kommer att tänka på Snygga Gittan. Vart tog hon vägen? Han har ingen aning. Flera av de udda personer som han brukade hänga med på Atheneum, norra Europas största café på sin tid, har också försvunnit. En konstnär som alltid höll till där på 60- och 70-talen kallades för Sokrates på grund av sitt stora yviga skägg. Han har visst flyttat till Småland och blivit glaskonstnär. Det sägs att han också är död.

I början av 1990-talet blir Ledde sjuk. Mår illa, blir fort trött och går ner i vikt. Får blodiga uppkastningar. Han vet med sig att han inte har varit snäll mot sin kropp under årens lopp. Nu orkar inte levern längre. Läkarna konstaterar levercirros. Det finns inget att göra. Ledde säger till en av sina vänner som besöker honom under hans sista dagar att han ser fram emot att dö. Någon ytterligare jul vill han inte uppleva. Hans kropp är nu som en fågelunges. Två månader innan julafton 1992 avlider han 19.30 på Norra sjukhuset. På slutet yrar han om några av sina vänner. Om Valenta men allra mest om Jesper. Valenta sitter vid hans dödsbädd. Ledde pratar osammanhängande om att de ska emigrera till Christiansø. Där ska de skapa en ny konstnärskoloni. Nu när Jesper hittat sin far, kan gott Valenta också följa med. Valenta försöker med gråten i halsen förklara att Jesper är död. Ledde hör inte längre men han vet hur det var att växa upp utan en far. Fast egentligen har han anat det hela tiden. Valenta är far till Jesper.

Epilog

Det konstateras att passet som är utfärdat på den danske medborgaren Carl Bentsen är falskt. Hans rätta identitet är *Obersturmführer* Friedrich Heribert Rüttel-Valenta; född i Linz, Österrike den 10 mars 1924. Han transporteras omgående från Karlskrona till Visby. På Gotland placeras han på interneringslägret Lagerlingen. Det ligger i den lilla orten Havdhem som i sin tur ligger sex mil söder om Visby. Lägret upprättas den 9-10 maj 1945. Det stängs i början av oktober samma år. Som mest rymmer lägret drygt sexhundra internerade. Samtliga har identifierats som stridande för Nazityskland. I andra världskrigets slutskede flyr åtskilliga tyska soldater till Gotland. När de kommer iland på ön, blir de förlagda i ett tältläger i Dävingen som är ett skogsområde på gränsen mellan Havdhem och Grötlinge. Lägret döps officiellt till Lingen, men ortsbefolkningen kallar det för Lagerlingen. Det beror på en missuppfattning. Lager, tyskans ord för läger, och det faktum att lägrets omgivningar tillhör området Lingen, bidrar till missförståndet.

Rüttel är den ende som inte har flytt direkt till Gotland. Lägret som han placeras i består mest av tyskar. Övriga är huvudsakligen balter som stridit på tysk sida. För att vara exakt är fördelningen femhundrasextiotre tyskar, tjugoen letter, nio litauer, sju ester, fem polacker, tre fransmän, en rumän samt en tjeck. Medelåldern är trettioett år. Den äldsta är femtiotvå och den yngsta är bara sjutton år. För att hålla de internerade sysselsatta får de utföra omfattande arbeten. Stängsel uppförs och idrottsplatsen byggs ut. En slags amfiteater iordningställs också. Lägrets ledning bemannas av befäl ur Gotlands infanteriregemente, I 18. Lägerkommendant är först majoren Elof Lindeborg, sedan överstelöjtnanten Erik Sellin. I början av oktober 1945 förflyttas de internerade till Ränneslätt utanför garnisonsstaden Eksjö. Ett halvår senare transporteras de i etapper vidare till Tyskland. En grupp före detta internerade tyskar står väntande på kajen i Trelleborg. När det är dags att gå ombord på färjan saknas en man. Friedrich Rüttel-Valenta.

Böcker av Curt Andersson

Arendalsliv 1978. Lund: Studentlitteratur
Att hantera personalöverskott 1980. Lund: Studentlitteratur
Människor och organisationer i kris 1982. Lund: Studentlitteratur
Makt att förändra? 1983. Stockholm: Akademilitteratur
Personalavveckling! 1984. Stockholm: Natur och Kultur
Att utveckla ledare 1992. Lic avhandling. Göteborgs universitet.
Organisationsteori 1994. Lund: Studentlitteratur
Kunskapssyn och lärande 2000. Lund: Studentlitteratur
I konsultens värld 2001. Lund: Studentlitteratur
Ångest i organisationen (I Libers serie Bättre ledarskap) Malmö: 2007.
Med politiken som ledstjärna 2009. Lund: Sekel Bokförlag
Bakom Himmlers mask - vem var Heinrich Himmler? 2010. Visby: Nomen Förlag
Samhällsinstitutioner i brytningstid 2011. Visby: Nomen Förlag
Resa till Ukraina. Några inblickar i historia, kultur och turism 2011. Visby: Nomen Förlag
Resa till Georgien. Några inblickar i historia, kultur och turism 2011. Visby: Nomen Förlag
Resa till Östra Turkiet 2011. Visby: Nomen Förlag
På spaning i Washington DC. 2012. Visby: Nomen Förlag
En droskägares död 2013. Visby: Nomen Förlag
På avvägar 2014. Visby: Nomen Förlag
Klädhängare 2015. Visby: Nomen Förlag
Plötsligt i dansen stannar 2015 Visby: Nomen Förlag
Det gåtfulla Japan 2015 Visby: Nomen Förlag
Kapten Bartons affärer 2016 Visby: Nomen Förlag
Flickan med de långa benen 2017 Visby: Nomen Förlag